宵山万華鏡

森見登美彦

集英社文庫

宵山万華鏡　目次

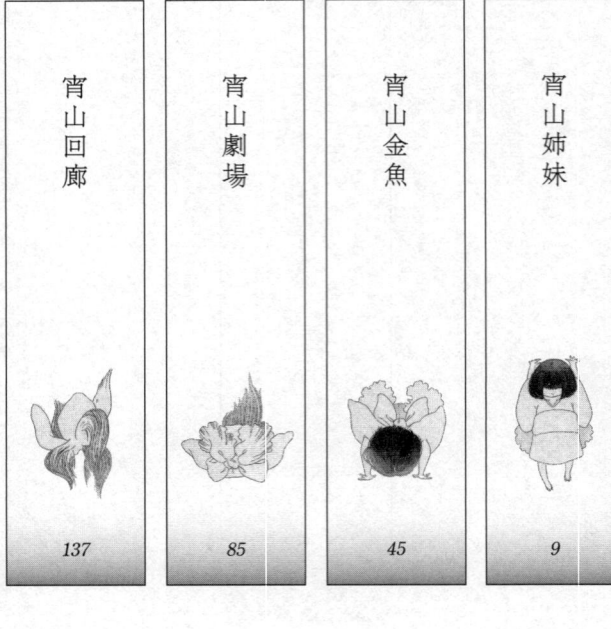

本文イラスト／さやか
本文デザイン／大久保伸子

宵山万華鏡

宵山姉妹

彼女と姉の通う洲崎バレエ教室は三条通室町西入る衣棚町《ころものたなちょう》にあって、三条通に面した四階建の古風なビルであった。彼女たちは土曜日になると、ノートルダム女子大学の裏手にある白壁に蔦《つた》のからまった自宅から母親に送り出され、地下鉄に揺られて街中の教室へ通ってきた。

地下鉄烏丸《からすま》御池《おいけ》駅からバレエ教室までの道のりは難しいものではなかった。三条烏丸の南西に聳《そび》えたつ煉瓦造《れんがづく》りの銀行の角を曲がって、三条通をまっすぐに進んでいけば、やがて左手に目指すビルが見えてくる。

迷うはずもない一本道であるにもかかわらず、彼女は用心深く、姉にぴったりと寄り添って歩いた。繰り返し辿《たど》るその道を、彼女は「ここで右へ曲がる」というように、自分の身の振り方として覚えこもうとする癖があった。姉が少しでも違う動きをすると、彼女は不安になってしまう。通い慣れているはずの場所が、ふいに見知らぬ場所のように見えてくるからだ。

「そこ、摑《つか》まんといて。歩きにくい」

「だって怖いもん」

彼女は小学校の三年生、姉は四年生になる。

ショーウィンドウにふと引き寄せられたりする姉の足取りは、まるで上品な猫のように気まぐれである。母親や先生から寄り道を禁じられているのに、姉はふいに本屋で雑誌を買いたいとか、花屋を覗《のぞ》きたいとか言いだして、事なかれ主義の妹をはらはらさせた。姉は好奇心のおもむくまま走りまわるのに忙しく、妹は姉を気づかうのに忙しかった。たがいを紐《ひも》で結わえて引っぱり合うかのように、彼女たちは絶えず二人でくるくる動きまわっていた。

地下鉄を降りて道を辿っていくときはいつも胸がざわざわと波立っているが、バレエ教室のあるビルの重々しい玄関が見えてくると彼女は物思いに耽《ふけ》り始めて、さまざまな不安はスウッと消えた。通いだした頃から、そのビルはまるで中世の小さな城のようだと彼女は気に入っていた。深緑色で古風な意匠の電燈が玄関脇にあるのも美しかったし、正面の扉まで短い階段がついているのも上品に思われたし、壁面に点々とある縦長の窓も好きだった。彼女は表玄関に立つたびに、一番上にある窓からお姫様が身を乗りだし、真っ白で大きな鳥が次々と舞い降りてくる情景を思い描いた。

彼女たちの母親は結婚する前、このビルの事務所で働いていたことがある。彼女はよく、若い父と母がこのビルで出会う場面を想像した。窓から身を乗りだすお姫様は、写真で見たことがある若い頃の母の姿に置き換わる。たまたま通りかかった若い父が、三条通から母を見上げて一目惚《ひとめぼ》れするのだ。これはまるで映画みたいだ！　と彼女は嬉《うれ》しく思っていたが、そもそも彼女が映画のように想像しているにすぎない。「お見合いよりはこっちのほうがいい」と彼女は決めつけていた。

◯

扉を開いて中に入ると、ひんやりとした空気が彼女を包んだ。赤い絨毯《じゅうたん》の敷かれたロビーはがらんとしている。正面には額縁に入った不思議な絵がかかっている。たくさんの提灯《ちょうちん》が輝く路地を描いた絵で、路地の奥には赤い浴衣《ゆかた》を着た小さな女の子が一人いる。夕闇の色がなんとなく物淋しい気持ちにさせるので、彼女はこの絵が好きではなかった。

ロビーの隅から階段で三階まで上がると、洲崎バレエ教室がある。

洲崎先生は、彼女たちの母親よりも祖母に近い年齢のはずだが、若々しく、優雅だった。板張りの床に立って生徒の動きを見守るときはまるで彫像のように見えた。先生は生徒の品のない振るまいには、ことのほか厳しかった。先生が機嫌を悪くすると、その怒りの中枢から延びた鉄の糸が教室の隅々まで張り巡らされているようで、息が詰まった。そんな時は、助手の先生たちも生徒と同じように戦々恐々とした。

彼女は姉や友人たちに交じって着替えをした。

そわそわと浮き足立つ友人たちが口にするのは、宵山《よいやま》のことであった。練習が終わったら、浴衣を着て出かけると語る友人もあった。姉はしきりに羨ましがった。

その日、烏丸御池の駅で電車を降りる時、同じように降りていく乗客が「宵山」と口にするのは彼女も聞いた。街を歩く人がいつもよりも多かったし、烏丸通には露店が並んでいるのも目にした。三条通を歩いているとき、南へ延びる室町通を覗くと、ビルや駐車場が雑然と並ぶ狭い通りにも露店が賑《にぎ》やかにひしめいていて、その行列の向こうに、たくさんの提灯をぶら下げた「黒主山《くろぬしやま》」が見えていた。着替えが済んで練習が始まっても、彼女はときおり、その景色のことを考えた。そして、ロビーにかかっている絵はあれを描いたものなのだ、とようやく気づいた。

バーレッスンから柔軟へうつりながら、助手の岬先生もぼんやりしていることに彼女は気づいた。その先生は普段から口数が少なかったが、今日はいっそう無口である。岬先生のボンヤリもまた宵山が理由に決まっていると彼女は考えた。みんなが浮き足立っている宵山というものはなんだろう。彼女は曇硝子《くもりガラス》の向こうに耳を澄ませ、いま街を浸《ひた》そうとしているざわめきを聞き取ろうとした。

洲崎先生の指導でフロアレッスンが始まってから、今日は先生のご機嫌が悪いらしいと分かったので、浮かれがちだった生徒たちも神妙にレッスンに励んだ。蛍光灯の明かりに輝く板張りの床は、彼女たちが脚を動かすたびにキッキッと微かな音を立てた。街中にあるにもかかわらず教室の中はひっそりとして、足音と息づかいが大きく響いた。

この頃、ようやく動きがバレエらしくなってきて、彼女は初めて楽しいと思うようになっていた。先生に叱られるのはもちろん嬉しいはずもないし、涙が滲《にじ》むこともしばしばだが、それでも自分の身体が思ったように動いた時には嬉しかった。ただ、彼女は肝心なところで自信を失ってしまうことが多く、そのために損をしていると言われた。姉はまったく物怖じしないので、ずっと堂に入って見えた。

○

休憩時間になり、彼女はトイレに行きたくなった。

トイレは教室から外へ出た長い廊下の奥にある。この三階にはバレエ教室のほかにも部屋があるが、扉に塡《は》めこまれた曇硝子の向こうはいつも暗くて、なんとなく不気味に感じられた。彼女は姉についてきて貰《もら》うことにした。そういうとき、姉はいつも気軽についてくれ、意地悪を言ったりすることはなかった。

彼女がトイレから出てくると、姉は廊下の突き当たりにある階段を覗いていた。

「お姉ちゃん、どうしたん？」

「しいっ」

姉は唇に指を当てて、にっこりした。「見てみ」

上階へ続いていく階段の両脇にはたくさんの提灯が並んでいた。「なんでこんなにたくさんちょうちんがあるの？」と呟《つぶや》きながら、すでに姉の足は階段にかかっている。彼女は姉に連れられて屋上に忍びこんだときのことを思い出した。あのときは階段から下りてくるところを洲崎先生に見つかってひどく叱られた。

「駄目やって」と彼女は姉に声を掛けた。「ちょっとだけ」と姉は言った。

階段の踊り場には大きな狸《たぬき》の置物や招き猫が置いてあるのが見える。姉は踊り場からさらに上へ続く階段を覗き、「へえ」と声を上げている。「お雛《ひな》さんがある」

「お雛さんがあるの？」

「ある。すごい大きい」

「ちょっと見る」

彼女は階段を上《のぼ》っていき、姉の傍らに立った。同じように両脇に提灯を並べた階段を雛壇に見立て、ずらりと雛人形が並んでいるのだった。姉は雛人形を蹴飛《けと》ばさないようにひらひらと舞うようにして階段を上っていき、四階の廊下に立った。「すっごい」と呟いている。「へんてこなもんばっかり」

「そんなにへんてこ？」

「へんてこへんてこ」

そう言われると見たくなってしまう。彼女も後に続いた。

四階の廊下には段ボールに入った人形や玩具がたくさん置かれて、雑然としていた。姉は床に散らばっている七色のテープをつまみ上げた。縦長の窓から射しこむ光できらきらと輝く。姉はテープをひらひらさせて歩き、床に並んでいる黒や白の招き猫の頭を撫《な》でたりした。

「おもちゃ屋さんみたい」と彼女は呟いた。

「うん」と姉が頷《うなず》いた。

やがて彼女たちは赤い布のかかった大きな箱を見つけた。姉が耳をつけて、「なんだか音がする」と言う。赤い布をめくり上げたとき、彼女は暗い水の中でぎょろりとした目玉が動くのを見た。小さく悲鳴を上げて後ずさりした。姉の手を摑んだ。姉も彼女の手を摑み返した。

水槽の中には、まるで妖怪のような赤くてぶくぶくとした魚が浮かんでいた。大きさは西瓜《すいか》ほどもあり、まるまると太っていた。あぶあぶと口を動かしながら、彼女たちをぽかんと見つめている。

二人が立ちすくんで魚を見つめていると、「こら！」と廊下の奥から声がした。麦わら帽子をかぶった女の人が立って睨《にら》んでいる。「いたずらしたら、宵山様に食べられちゃうぞ！」

彼女たちは慌てて逃げだした。

階段を下りながら姉は笑った。「ああびっくりした！」

◯

練習が終わったときには午後五時をまわっていた。

教室へ出かける時には淡い憂鬱さや億劫《おっくう》さを彼女は感じるが、練習をするうちに楽しさや苦しさに心は占められてしまうのがつねであった。ふと気づけば夢中になっていて、練習が終わる頃にはすっかり自分の中身が入れ替わっているような気がした。汗でべとつく感触や臭いを煩わしく思う一方で、身体の奥をすうすうと涼しい風が吹き抜けるような淋しい感じが彼女はとても好きだった。

汗を拭い、着替えをして喋《しゃべ》っていると、また宵山の話が出た。作り物の大きなカマキリが動くのを見られると言う子があった。姉はそれにいたく好奇心を刺激されたらしく目を輝かせて耳をかたむけていた。

「先生さようなら」

姉と彼女が頭を下げてかたわらを通ると、洲崎先生は彼女たちを見た。

「寄り道をしてはいけませんよ」

先生はとくに姉を睨んで言った。姉は「はい！」と元気よく返事をして、階段を下りた。

玄関の重い扉を二人で押し開けて、彼女たちは往来へ出た。

ムッとする湿気をふくんだ空気が街を覆っていた。見上げると、雑居ビルのへりが黄金色の陽射しに照らされており、空に浮かぶ雲も黄金色であった。三条通は普段よりも大勢の人が行き交っていて、それらの人々が南北に延びる室町通へ流れこんでいる。

いつものように帰路を辿って、烏丸通まで出たところで、姉がふいに立ち止まった。

オフィスビルの谷間になる大通りには、車が一台も走っておらず、大勢の人たちが車道の真ん中を行き交っていた。鞄《かばん》を提げた背広姿の人もおれば、団扇《うちわ》で胸元を扇ぎながら歩くおじさんもおり、観光客らしいおばさん連れもおり、浴衣姿でそぞろ歩く若い男女の姿もある。傾いた陽が淡く照らす大通りの両側には見たこともないほどたくさんの露店がひしめいて、早々と電球の明かりを輝かせている店もある。湿った風に乗って、何の匂いとも判然としない香ばしい匂いが流れてくる。彼女は深々と鼻から息を吸いこんだ。露店と群衆の熱気がビルの谷間に充ちていた。

◯

姉は好奇心旺盛で、どんなところへでもずんずん入っていこうとする。引きまわされる彼女は気が気でなかった。寄り道したことが洲崎先生に露見することを、彼女は怖れていた。

さらに言えば、彼女はごたごたと入り組んだ街そのものを怖れていた。子どもをさらって身代金を要求したり、遠い外国へ売り飛ばしたり、殺してしまう人間が街にはいるのだ。いつ薄暗い路地から悪い大人が飛びだしてきて彼女を抱え上げ、二度と帰ることができない遠いところへ連れ去るか知れない。だから街を歩くときはかたときの油断もならないという気がして、身体が硬く強ばるし、掌《てのひら》はじきに汗に濡れる。それだけ肝が小さいにもかかわらず、姉は無鉄砲だから自分が油断なく見張ってやらねばならないという責任をひしひしと感じてしまうところが、彼女の愛すべきところである。

この祭りのどこかにあるという「カマキリ」を見るのだと姉は言い張った。バレエ教室の友人によると、まるで生きているかのように動くのだという。「あの子ら、お姉ちゃんによけいなこと言うて!」と彼女は苦々しく思った。

「ねえ、なんでそんなん見たいの。帰ろうよう」

「見たいもんは見たいもん。行こ！　行こ！」

そういうやりとりをしながら、もう姉は露店で賑わう烏丸通の雑踏へ踏み出しているし、姉の服の裾を摑んだ彼女も同じ方角へ踏み出していた。

ひっつめた姉の黒髪は艶々と輝いて、その足取りは踊るように軽やかであった。大勢の人に交じって大通りの真ん中を歩いていくことは、たしかに愉快この上なかった。通りの両側を埋め尽くす露店はどこまで行っても途切れないように思われた。姉は感嘆して、しきりに意味もなくクスクス笑った。通りの真ん中を行く彼女たち姉妹の目前で、銀行やオフィスビルが立ちならぶ見慣れた景色は一変していた。街の底には露店の橙《だいだい》色の明かりがぼんやりと充ち、白々とした蛍光灯の明かりを漏らすオフィスビルの谷間の上空には暮れゆく澄んだ夏空がぽかんと広がっている。その空は、生まれてこの方見たことがないほど美しいものに見え、怖いような解放感に彼女は身体を震わせた。彼女は啞然《あぜん》として「なんやこれ！」と思わず呟いた。

「あ、見てみ！」

姉が指さす方を見ると、露店から立ち上る焼きそばや烏賊《いか》焼きや唐揚げの旨《うま》そうな匂いに引き寄せられたか、黒々とした鳥の群れがオフィスビルの屋上あたりからドッと崩れるように落ちてきて、そこでふいに身を翻《ひるがえ》しては上空へ戻るという動きを繰り返している。そのまるで下界の人間たちに狙いを澄ませるかのような動きを彼女は不気味に思った。あの鳥たちに食べ物と間違えてさらわれたら、そのまま空の上へ連れて行かれてしまうかもしれない。

彼女たちは烏丸通を歩いていって、やがて露店の隙間をすり抜ける人の流れにのって、蛸薬師通《たこやくしどおり》を西へ入った。通りに面した古風な喫茶店は、祭りから逃れてひとやすみする人々で賑わっている。路地のわきに作られたテントに子どもたちが座って、道ゆく人々に粽《ちまき》を売る甲高い声が聞こえていた。

二階建の町屋の前に人だかりがしているので、姉が彼女の手を引っぱった。表には赤い大きな提灯がいくつも提げられていて、白い幕が張られてある。往来へ向かって開け放した二階には、祭壇のようなものが作られて、鎧《よろい》を着て厳《いか》めしい顔をした人形が座っていた。「あれ、なに？」と彼女が聞くと、爪先立ちをするようにして様子をうかがっていた姉が「べんけい」と言った。

そこを抜けて室町通との四つ辻に立ってみれば、どちらを向いても人であった。

狭い室町通にも、やはり露店がひしめき合って、ただでさえ狭い通りがいっそう狭く感じられた。焼きトウモロコシや唐揚げ、金魚すくい、くじびき、フランクフルト、たまごせんべい、お面にヌイグルミ。彼女は姉と一緒にそれらの露店を眺めていった。どこまでいっても祭りが続いているようで、まるでお祭りがどんどん増えて、街を呑《の》みこんでしまったようだと彼女は思った。

狭い路地を抜けていく途上で、彼女たちは提灯を提げた「南観音山《みなみかんのんやま》」に出会った。それはまるで木と提灯で作り上げた城のようだった。人の流れをせき止めるようにして、夕空へ高々と聳えていた。姉はそれだけでは満足せず、どうしても蟷螂《かまきり》を見るのだと言い張って、人混みに身体を滑りこませるようにして進んでいく。姉は辿るべき道を知っているのか、それともデタラメに歩いているのか、彼女には見当もつかなかった。

姉は林檎飴《りんごあめ》の露店の前で足を止めた。「林檎飴、食べたことないなあ。おいしいんかなあ」

「おいしいかもしれへんけど」

彼女はぶつぶつ言った。「そんなん食べていいの?」

「お金持ってるよ」

「先生に見つかったら叱られる」

姉は買わずに歩み去りながらも、クリスマスツリーの飾り玉のように輝く林檎飴を見つめていた。彼女は姉の背中を押して前へ進んだ。

交通整理の警官が立つ四つ辻は、四方から流れこむ見物客でたいへんな混雑であった。

「混雑緩和のために、こちらは一方通行になっています」

姉は碁盤のように走る細い路地を、右へ曲がったり、左へ曲がったり、ふいに思い直して引き返したりした。姉に引きずられるようにして路地へ足を踏み入れるたびに、彼女は「右」「左」と電車の運転手のように指さし確認した。

「左に曲がったから、帰ってきたら右に曲がるんやわ」

彼女はぶつぶつ言った。「そんで、右やったら、左になる」

そうやって自分へ言い聞かせても、ふいに姉が引き返したりすると、せっかく覚えたことが台無しになる。何度も「右」「左」と言っているうちに、こんどは「右」とか「左」とかいうことそのものが、彼女の頭の中でごっちゃになってきた。

「あー、もう分からんようになった！」

彼女は音《ね》を上げた。

細い路地は彼女の前後左右にどこまでも続いている。祭りの賑わいに充ちたいくつもの路地は、どれもまったく同じ景色に見えた。「ここ、さっきも通らんかった？」と彼女は呟いた。姉は「そう？」と気にしていない様子である。どこまで歩いても祭りから抜け出すことができないように思えて、彼女は息苦しくなった。

◯

方角も分からなくなり、どちらを向いても見知らぬ他人ばかりでごった返しているから、柳さんを見つけたとき、彼女はホッとした。柳さんは三条高倉のそばにある画廊で働いている男性である。母に連れられて訪ねたことがあり、そのときは甘い紅茶を飲ませてくれた。柳さんは小さな風呂敷包みを持って、自動販売機の隣でぼんやりしていた。少し疲れているように見えた。

姉は柳さんに声を掛け、ひょこんとお辞儀をした。

「柳さん、こんにちは」

「おや」と柳さんは声を上げて微笑《ほほえ》んだ。「こんにちは」

「カマキリがどこにいるか知ってますか？」

「カマキリ？　……蟷螂山《とうろうやま》のことかな？」

「そうそう」

柳さんは微笑み、丁寧に分かりやすく教えてくれた。そして最後に、「手を離しては駄目だよ」と念を押した。「離ればなれにならないように、しっかり握っておくこと」

柳さんに教わった通りに道を辿って行き、彼女たちはようやく「蟷螂山」を見つけることができた。

蟷螂山のある西洞院通《にしのとういんどおり》はこれまですり抜けてきた狭い路地とは違って広々としていたが、そこもやはり多くの露店がならんで夕闇の底を輝かしていた。蟷螂山を眺めて満足した姉が遅くならぬうちに帰ろうと言った時、彼女はようやくこの怖ろしい宵山探索行から解放されると思って安堵《あんど》した。彼女が姉を見失ったのは、そのわずかな油断のためであった。

町屋と雑居ビルに挟まれてゆるやかな上り坂になる錦小路通《にしきこうじどおり》を辿っているとき、彼女は笑いさざめきながら人混みを抜けていく女の子たちに見惚れた。その子らは皆、華やかな赤い浴衣を着ていた。色を濃くしていく夕闇の中で、ひらひらと舞うように路地を抜けていく彼女たちは、まるで薄暗い水路を泳ぐ金魚の群れのようであった。彼女は吸い寄せられるようにその姿を眺めた。

「かわいいなあ」

ふと我に返って、自分をとりかこむ雑踏の中に姉の姿が見えないと気づいた時、彼女の心臓は痛いほど高鳴った。姉に置いて行かれたと思い、彼女は慌てた。闇雲に足を踏みだしたところ、かたわらを通り過ぎようとしていた大きな男の横腹にぶつかってしまった。頭をつるつるに剃《そ》り上げた大坊主で、ぎょろりと動く目で彼女を見下ろした。あまりの怖ろしさに謝る余裕もなく、彼女は無我夢中で逃げだした。大坊主に見つからないように四つ辻を曲がって、小さな商店の軒先まで来て息をついた。

右手を見ると、雑踏の向こうに提灯を掲げた山鉾《やまほこ》が見えている。

しかし姉とははぐれてしまった。自分がどこにいて、どの方角を向いているのかも分からなかった。彼女の目には早々と涙が滲んで、山鉾の白と朱の提灯も淡くぼやけて見えた。店じまいした暗い商店の軒下へ人混みを避け、彼女はここが踏ん張りどころだと涙をこらえた。

「あかん」と彼女は呟いた。「泣くな泣くな」

彼女は泣き虫であった。

姉とはぐれて夕暮れの街中に一人。こんなに心細いことはない。泣くまい泣くまいと思っていると、そんな風に一人ぼっちで歯を食いしばっている自分がかわいそうになった。涙をこらえながら、彼女はどうしようどうしようと呟いた。姉は見失ってしまったし、自分一人では帰れない。

「どうしよう、どうしよう」

念仏を唱えるように呟いているうちに、四つ辻に立って交通整理をしている警察官の姿が目に入って、彼らに助けてもらえるだろうかという考えが浮かんだ。

「でもおまわりさんに叱られたらどうしよう。寄り道した私らが悪いんやし」

彼女は尻ごみした。そもそも、知らない人に声をかけるのが、彼女は大の苦手であった。

姉と離ればなれになってから、まだ数分しか経っていなかったが、彼女にはそれが何時間のようにも感じられ、空が怖ろしい早さで暮れていくように思われた。そうして、軒先で心細さに身も縮むような思いをしながら、それでも彼女は姉の身の上を心配した。

彼女が心配でならなかったのは、姉が悪い大人に騙《だま》されて、どこかへ連れ去られてしまうということであった。これだけ大勢の人間で賑わう祭りの雑踏には、子どもをさらう悪い人たちも大勢紛れているだろう。子どもの一人や二人が消えたとしても、誰にも分からないに決まっている。そう思って道行く人を眺めてみれば、誰も彼も夕闇に紛れて子どもをさらいそうな顔つきをしていた。

「こわッ」

彼女は細い腕で身体を抱くようにした。

林檎飴を買ってくれると言っても、駅まで連れて行ってくれると言っても、自分はそんな大人たちを信用しない。けれども姉は誰でも信用して、ほいほいとついていくだろう。「おいしい特大林檎飴あるよ、とか言われたら、お姉ちゃんころっと騙されるわ」

巨大林檎飴の誘惑に打ち克てなかったばかりに、姉は舞鶴港から船に乗る。なんだかよく分からない箱がたくさん積まれてある船倉の片隅、座りこんでいる姉の足には、鎖で大きな鉄球がつながれている。姉は京都を想ってしくしく泣いている。胸がきりきり痛むほど哀しくて淋しい光景であったので、彼女は居ても立ってもいられない気がした。

「あかん！　ついてったらあかん！」と呟いた。

彼女は勇気を振り絞って街を歩き始めた。歩いてさえいれば、見覚えのある景色に行き当たるかもしれない。露店で物を売る人の声が大きく響いたりするだけで、彼女は身体が固まるような気がした。足はどんどん速くなった。マンションのベランダから祭りを見下ろしている男が手を振ってきたが、彼女は顔を引きつらせて逃げてしまった。

先を急いだので息が切れてきた。

彼女は民家の軒先でしゃがみこんだ。

軒下に隠れるようにして用心深く往来を見張っていると、華やかな扇で顔をあおぎながら歩いていく人がある。金魚が入った不思議な風船を持って歩く人もある。通りかかる人が彼女を一瞥《いちべつ》するだけで、相手が自分を狙う人さらいのように思われ、怖ろしさに身体がカッと熱くなった。嫌な汗が背中を伝った。噛《か》み続ける指先に血が滲み、ずきずきと脈打つように痛んだ。

「ああもう、指が痛い！」

それなのに彼女は指先を噛むのを止められなかった。

楽しそうに通りすぎる家族連れを見ると腹が立った。母親や父親に連れられて歩いていく子どもたちはなんと気軽な身分であろう。「ええなあ」と彼女は呟いた。「うらやましいなあ。私なんか、一人ぼっちで指から血出てるのになあ」

どれだけ道に迷っても、姉と一緒であれば、たとえ不安ではあっても、心細くはない。もしこんなことになると分かっていたら、一瞬たりとも油断せずに姉の手を握っていたのに。柳さんは「手を離しては駄目だよ」と言ってくれたのに。彼女はもう二度と姉に会えないような気がした。

姉に知らないところへ連れて行かれて怖い思いをするのはしばしばであったが、それでも迷惑なことばかりではなかった。クリスマスが迫る冬、ちょっぴり四条通を歩いてみて、キラキラと輝く電飾やクリスマスツリー、街角に飾られた大きな鈴のついたリース、赤と緑の花に埋め尽くされた花屋を覗いたのはもっとも楽しい思い出である。練習が終わったあと、こっそりとラーメン屋へ出かけたのも今にして思えば心躍る冒険であった。バレエ教室のあるビルの屋上へ忍びこんだ時は洲崎先生から姉でさえ泣くほどの大目玉を喰《く》らったものだが、それでもあの日のことを思うと彼女は楽しい気分になる。そのときにはどれだけ怖い思いをして、姉を煩わしく思っても、姉が彼女の手を引いて出かけていった冒険の数々は、振り返ってみれば楽しかった。しかしそれは、いつも姉がそばにいてくれたからであった。

「ああ、お姉ちゃんがふらっと来たらええのに！　もうぜったい離さへんのに！」

しゃがみこんだまま呻《うめ》いた。

ギュッと目をつぶって、姉と一緒に地下鉄に乗っていくところを思い浮かべた。いつもそうやって電車に揺られて、あの蔦のからまった白い家へ帰っていくのに、そんなあたりまえの光景が懐かしく思われた。

「早《はよ》う、うち帰りたい。うち帰ってお風呂入りたい」

どうかこの今の怖い思いが、ほかの思い出と同じように楽しいものになりますようにと彼女は願った。

そうして立ち上がる元気もなく、防火用水のバケツにたまった水を見つめていると、赤い布きれが浮かんでいることに気づいた。街の明かりをさえぎらないように身体を動かし、あらためて覗いてみると、赤い布きれのように見えたものは一匹の金魚であった。

「あれ、こんなとこに金魚さんがいやはる」

彼女はバケツのへりにソッと触れて、ゆらゆら浮かぶ金魚を眺めた。

「金魚すくいから逃げて来たん？　えらいジャンプ力やねえ」

それだけ強い金魚ならば立派な鯉《こい》になれるだろう、と彼女は思った。彼女は金魚が成長すると鯉になると思っていたからである。

そうやって小さな金魚を眺めていると、彼女のかたわらにしゃがみこむ人影があった。

真っ赤な浴衣を着た女の子だった。

女の子は彼女に寄り添うようにしてバケツを覗いている。やがて彼女の顔を見て、白い頬に柔らかな笑みを浮かべた。思わずこちらも笑い返さずにはいられないような笑顔だった。

「金魚?」

「うん、金魚」

赤いバケツを覗くその女の子につられるようにして、ほかにも数人の女の子たちが軒下へ寄ってきた。彼女が姉を見失うきっかけを作った、あの可愛らしい女の子たちであった。皆が同じ真っ赤な浴衣を着ている。目がちらちらして、何人いるのかもわかりづらかったが、彼女は五人と勘定した。その子たちは彼女を取り巻くようにして、たがいの浴衣を引っぱったり、脇をつついたりして、くすくすと笑った。

「まるで餌に寄ってきた金魚みたいや」

彼女は思った。

バケツの中の金魚をめぐって他愛もない言葉を交わすうちに、その子たちはこのあたりの路地に詳しいのではないかと思いついた。ひょっとすると洲崎バレエ教室を知っているかもしれない。

「なあ」と彼女が言うと、子どものうちの一人がニコニコ笑いながら「なあに？」と言った。

「洲崎バレエ教室って知ってる？」

その子は少し首を傾《かし》げてから、「うん」と小さく頷いた。

洲崎バレエ教室まで案内してくれるというので、彼女はその子らに手を引かれるようにして、身を縮めていた軒下からようやく雑踏の中へ踏み出した。彼女を先導するように手を引いてくれる子どもの手は、夏だというのに汗ばんでおらず、ひんやりと冷たくて心地良かった。

「ええ子らやねえ。ありがとう」

彼女は狭い路地をふたたび辿り始めた。

空の紺色が濃くなるにつれて、露店の明かりはますます燦然《さんぜん》としてきた。狭い路地に充ちる祭りの明かりを抜けていく彼女のまわりを、つねに赤い浴衣を着た女の子たちがひらひらと舞うようにして歩いた。路地は混雑する一方なのに、女の子たちはすり抜けるようにして軽やかに歩く。いつしか彼女の足取りも軽くなってきた。夕闇の中に高々と聳えて輝いているのは「南観音山」である。新町通に面した町屋へ、山から橋が架かっていた。女の子たちは笑いさざめきながら、橋の下をくぐった。

女の子たちはしばしば露店で足を止め、売り台から思い思いに商品を取った。飾られていた狐《きつね》の面をつけて笑う子もいたし、林檎飴を振り回す子もあったし、ベビーカステラを頬張る子もあった。女の子たちは代金を払わなかったが、露店の売り手たちは何も文句を言わなかった。きっとこの子たちはこのあたりに住んでいるから大目に見てもらえるのだろうと彼女は考えた。

「あげるよ。食べてみ」

「おいしいよ」

女の子たちは口々に言って彼女に勧めた。

彼女が拒むと、女の子たちは不思議そうな顔をした。お金を払っていないものを食べるのは悪い気がしたし、寄り道して露店のものを食べているところを洲崎先生に見つかれば大目玉を喰うだろう。なによりも、自分が元いたところへ早く帰りたいという思いが強かった。

彼女が心を惹《ひ》かれた露店が一つだけあった。人通りが少なくなった薄暗い通りに、一つだけぽつんと離れている露店で、古めかしい裸電球の明かりが売り台を照らしていた。色も大きさもさまざまの万華鏡が丁寧に並べられている。そのときは、彼女も女の子たちといっしょになって万華鏡を覗き、歓声を上げた。

女の子たちは露店を見て回るばかりで、まともに案内してくれる気配がなかった。彼女は幾度も「もうすぐ?」と訊《たず》ねたが、そのたびに女の子たちは「うん」「そうよ」とばらばらに頷くだけで、その先はまた延々と露店めぐりが続くのであった。まるで騙されているような気がしたが、女の子たちの口ぶりにも顔つきにも、なんの悪意も感じられなかった。

「まあ、この子らはみんな、ちっちゃいし」

彼女は思った。「お祭りやもんね」

露店の賑わいや山鉾の提灯、雑居ビルの窓、浴衣姿で歩く見物客、交通整理をする警察官——宵山の景色が次々と彼女の目前を通り過ぎていく。彼女の手を握る女の子の手は、どれだけ走ってもひんやりとして、気持ちがいい。そうやって手をつないでいると、自分の身体まで軽くなっていくようだ。足取りが軽くなるにつれて頭が痺《しび》れてきて、彼女は同じ景色を繰り返し見ていることも気づかなかった。

あの淋しい路地にある万華鏡の屋台の前を、彼女は幾度も通っていた。同じ角を曲がり、同じ通りを走り、そして同じところへ戻ってくる。賑わう街の一角で渦を描くようにしながら、彼女は宵山の深奥に吸いこまれていく。

○

女の子たちが彼女の腕にぶら下がるようにして、「ねえねえ」と言った。

「上に行こ。そこでもお祭りやってるから」

「どこって？」

彼女が訊ねると、女の子たちは電線の張り巡らされた狭い路地の上を指さした。雑居ビルの合間に見える空はすっかり黄昏《たそが》れていた。

「金魚鉾があるから」

「一番綺麗《きれい》」

「行こ行こ」

女の子たちが口々に言った。「見たくない？」

「見たいなあ」

彼女は思わず口にしてから、慌てて「でも、あかんわ」と言った。

「なんでだめなの？　ねえねえ」

「だって、もう帰るもん」

「楽しいから来て。嘘《うそ》と違うよ」

その子たちが明るい顔をして言うのを聞いていると、彼女も興味を感じた。困った顔をしたまま何も返事をしなかったが、女の子たちは彼女を引っ張るようにして先へ進んでいく。

彼女は想像した。

狭い路地を埋め尽くした宵山は、水が街を浸すようにして、建ち並ぶビルを呑みこんでいく。ビルの窓から漏れる蛍光灯の白々した明かりは、露店の電球の橙色の明かりに塗り替えられてしまう。赤や白の提灯が高々と掲げられるのはビルの屋上も同じである。その想像は、姉と一緒に洲崎バレエ教室があるビルの屋上へ忍びこんだ記憶に端を発している。あの日、茶色く錆《さ》びた手すりに手をかけてあたりを眺めた時、彼女の目を引いたのは遠くに霞むビルの屋上にあった小さな社《やしろ》であった。「お社があるんやから、お祭りもしてるに決まってる」と彼女は考えた。

「ちょっとだけ」

彼女はそう呟いて、想像した。

給水タンクやアンテナや高さの違う雑居ビルがひしめき合って凸凹した屋上世界に、いま自分を包んでいる祭りの明かりが広がっていく。それはさぞかし雄大な眺めに違いない。古い木造の橋がビルとビルの谷間をつないでいるから、どこまでも辿って行ける。屋上のへりに座って眼下を眺めたら、黒々とした見物客の流れの中に、山鉾がまるで西洋ランプみたいに可愛く見えるかもしれない。

そして屋上世界の彼方をゆっくりと渡っていくのは金魚鉾だ。それはほかのどんな山鉾にも負けないほど大きくて、絢爛《けんらん》としている。まるで輝く城塞のように見える。

○

やがて彼女は六角通に面した路地の入り口に立っていた。

雑居ビルと喫茶店に挟まれていて、往来を行く人たちは見落としてしまいそうな細い路地だった。入り口には大仰な鉄格子の門があり、脇には赤い提灯が掲げられてある。ぼんやりと街の明かりが届くところは石畳が延びているのが分かるが、その先は薄闇に沈んでいる。

女の子の一人が鉄格子を開くと、後へ続く女の子たちが排水孔へ吸いこまれるようにして、その路地へ滑りこんでいった。

「どこ行くん?」

彼女が足を止めて訊ねると、手を引いていた女の子は「ええから」と微笑み、嚙みすぎて血の滲んだ彼女の指先を自分の口に含んだ。彼女は頭が痺れたようで、されるがままになっていた。やがて、ひんやりとした手に引かれるまま、その路地へ足を踏みこんだ。

　がらんとした暗い道が奥へ奥へと延びていた。足の下は石畳だった。左右には灰色のビル壁が迫っている。

　街の明かりが届かぬ先は暗いが、その奥の奥に、門灯らしい明かりが点っていた。その向こうはまるで鬱蒼《うっそう》とした森が茂っているようだ。真っ暗で何も見えない。その暗がりの上へ目をやると、縦長の窓に橙色の明かりを点した古いビルが遠くに見えていた。小さく切り取られた空はたとえようもなく淋しい藍色をしている。

　先を行く女の子たちの押し殺したような笑い声が響いている。彼女たちは楽しそうにステップを踏んで石畳を鳴らした。赤い浴衣の袖が、鰭《ひれ》のようにヒラヒラした。手を引かれながら振り返ると、宵山の明かりが遠ざかっていく。

「なんか淋しいわ」

　彼女は呟いてみた。「やっぱり、うちに帰りたい」

　先を行く女の子たちは何も答えなかった。

　やがて彼女たちは石畳を蹴って跳ねた。

　暗い路地の中で宙に浮かんだ女の子たちは、漂うようにして浮かび上がっていく。彼女の手を引いていた一人が「さあさあ」と言った。見よう見まねで石畳を蹴ると、怠《だる》く疲れていた身体がふいに楽になって、漠然とした淋しさにくるまれたまま、彼女は頭上の細く切り取られた空へ向かって、ビルの谷間を浮かび上がった。ああ、この子たちが言っていたところへ自分も今から行くのだなとぼんやり考えた。

鈴を鳴らすような笑い声が路地にこだました。

その時、力強く石畳を駆ける足音が聞こえ、背後から近づいてきた。浮かび上がりつつある彼女の足首を、誰かが摑んだ。ひどく汗ばんでいた。身体がぐいと地面に引き寄せられ、彼女は痛みに呻いて思わず脚をばたばた動かしたが、すがりつく相手は離そうとしない。腹立たしいような気がして下を見ると、今にも泣きだしそうに顔を歪《ゆが》めた姉の姿が見えた。

彼女は我に返り、「お姉ちゃん」と叫んだ。

手をさしのべ、姉の手を摑んだ。

姉が彼女を地上に引き留めようとする一方で、赤い浴衣の女の子は力まかせに彼女を夕空へ引き上げようとする。ひんやりと心地よかった相手の手が、痛いほど冷たくなった。彼女はぞっとして、その手をふりほどこうとした。姉は彼女の両脚にしがみついた。

餌に集まる金魚のように、先に浮かんでいた女の子たちが寄ってきて、バレエのために引っ詰めた彼女の髪を撫でまわすようにした。髪をとめていたピンを次々に引き抜いていく。路地の奥から生ぬるい湿った風が吹き抜けてきて、ほどけた髪が流れると、ふいに身体が重みを取り戻した。

彼女は姉にのしかかるようにして地上へ落ちた。

宙に浮かぶ女の子が、なおも彼女に摑みかかろうとした時、姉が猛然と立ち上がって、その子の真っ白な頰を音高く平手打ちした。乾いた高い音が、暗い路地に気持ちがいいほど反響した。

姉は膝をついて彼女を抱いた。

「ついてったらあかんでしょう」

姉は言った。「怖がりのくせに」

「ごめんなさい」と彼女は言った。

姉と抱き合いながら見上げると、彼女を藍色の空へ引き上げようとした女の子たちが、笑いながら浮かんでいった。笑い声が狭い路地いっぱいに反響する。あれほど楽しげに思われた笑い声がその時はまったく違うものに聞こえた。それは聞いたことがないほど不気味で淋しかった。

その時、ようやく彼女は気づいた。

飛び去っていく女の子たちは、皆、瓜二つ《うりふた》の顔をしていた。

彼女は姉と一緒に無我夢中で走って、気づけば広々とした烏丸通へ出ていた。露店で買った食べ物を座りこんで食べる人たちが大勢いて、彼女たちは彼らに交じって座りこんだ。

○

しばらくは言葉もなかった。

姉が彼女の手をギュッと握ったので、彼女も握り返した。手が汗で湿ってくるのも気にならなかった。そうやって寄り添っていると、バレエの練習のあとに姉の身体からいつも漂う甘い匂いがした。

やがて彼女は姉に向かって、とりとめもないことを喋りだした。

それは五月に行われた発表会のことであり、楽屋で一緒に弁当を食べるのが遠足のようで楽しかったというような話である。そして、舞台横の幕の陰から上級生たちの踊りを一緒に眺めた思い出であった。姉も彼女も、客席から見るバレエよりも、幕の陰から見るバレエの方が好きであった。それはなんだか神秘的に見えた。いつの日にか、自分たちもああいう風に踊れるようになり、あの光景の中へ溶けこんでいるのだと思うことが、彼女たちをわくわくさせた。

「来年の発表会は何の役やろ？」

彼女たちは宵山の片隅に座りこんで、そんな話をした。

落ち着いてきたので、彼女たちはどちらからともなく立ち上がった。烏丸通の中央へ歩いていき、いよいよ賑わいを増す宵山の景色を黙って眺めた。露店の明かりが街を埋め尽くして輝き、ビルの谷間のはるか彼方には蠟燭《ろうそく》のような京都タワーが見えていた。

「帰ろ」

姉が言った。

そして彼女たちは堅く手を握り合ったまま、母親の待つ白壁に蔦のからまった自宅を目指して、宵山の夜から駆けだしていく。

宵山金魚

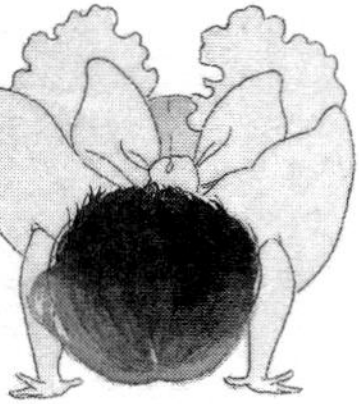

乙川は「超金魚」を育てた男である。

超金魚とは、なにか。

俺たちは奈良の出身だが、出身高校がある町は古くから金魚の養殖業が盛んで、父が住職をやっている寺のそばにも藻の浮いた養殖池が広がっていた。本堂の裏手にあたる板塀の下に古い水路が走っていて、どういう手をつかって逃げ出したものか、金魚が赤い花びらのように漂っているのを見かけた。

高校一年の夏休み前、どこかへ出かけた帰りに通りかかると、その水路にかがみこんでいる人間がいて、それが乙川だった。学校ではあまり言葉を交わしたことがなかったけれど、あんまり熱心に見入っているので、自転車を止めて声をかけた。境内から塀を越えて張り出した木々が水路に影を落としていて、俺を見上げる乙川の顔は木漏れ日にまだらに染まり、その様子が夏休みの小学生のように見えた。なんだか知らんが、やけに楽しそうなのである。

「藤田君かあ」

乙川はいつものように「君」づけで俺を呼んだ。「……金魚をね、すくってるんだけどね」

「なんで？」

「鍛えようと思って」

普通ならばそこで「今後なるべく疎遠になろう」と思うだろう。高校生にもなって金魚すくいに精を出して、しかも「鍛える」とか言っている人間はあんまりよくない。按《あん》配《ばい》がよくない。雲行きがよくない。彼独自の世界に俺の居場所はなさそうだ。そう判断するのが正しいかもしれないけれども、その時はあんまり違和感を感じなかった。おそらく、乙川の妙な人徳に、その時すでにやられていたのだ。もっとも、やがて来る夏休みのことを考えて俺が晴れ晴れとした気持ちだったせいもあるだろう。京都の知り合いの寺で夏休みを潰す長兄と違って、末っ子の俺は自由の身だったからだ。

俺は水路わきに立って汗を拭い、乙川が金魚をすくうのを眺めた。その日の獲物を水槽に入れて、彼は満足そうに頷いていた。「こいつは頑丈だな。見こみがある」とか言っている。

「頑丈かどうか、なんで分かんの？」

「こういうのは、経験がモノを言うね」

「そんなに経験あるのか」

「あるよー。いろいろな経験があるよー」

教室という狭い箱に詰めこまれて過ごしているうちに高校時代の人間関係はいつの間にかできあがっていくものだけれども、乙川についてだけは親しくなった日がはっきりと言える。

あれから十年経つ。

○

奥州《おうしゅう》斎川《さいかわ》孫《まご》太《た》郎《ろう》虫《むし》という生き物がいる。

扁平で長細い身体は、いくつもの節に分かれ、細い脚がたくさんついている。頭はクワガタムシにも似て、小さなハサミを持つ。百足《むかで》の脚を少なくして、ずんぐりむっくりさせたようなかっこうだ。

何をきっかけにして繁殖したのだろう、その風変わりな生き物が昭和の中頃から鴨川《かもがわ》以西の街中で見られるようになった。湿気を好み、ふだんはビルの谷間の暗がりにひそんでいる。ときおり水場まわりに姿を現して人を驚かせるが、とくに悪さはしない。

孫太郎虫には変わった習性があり、七月の宵山の頃になると、常日頃のすみかを捨てて地上へ這《は》い出し、電柱やビルの裏面を伝って空へ向かう。孫太郎虫が辿る道筋はおおよそ決まっているから、張りこんでいればその長い行列を見物することができ、これは祇園祭《ぎおんまつり》宵山の隠れた風物詩となりつつある。あまり気持ちのいい景色ではないけれども、わざわざその行列を見物するために混み合う宵山の京都へ乗りこんでくる昆虫愛好家もあるらしい。

昆虫生態学を研究する某教授は、街に充ちる駒形提灯《こまがたちょうちん》の明かりが孫太郎虫の行列を誘発していると主張している。闇に灯る明かりに昆虫がむらがるのは、「正の走光性」と呼ばれる習性によるものだが、孫太郎虫はある波長の光から逃げ出す「負の走光性」を持っているらしい。近年は駒形提灯の電飾化が進んで光の波長が変わり、それが孫太郎虫の移動経路にも影響を与えていることを教授は実験によって示したそうだ。

○

——というようなことを、大真面目に語る乙川の顔を、俺は見つめていた。

俺たちが酒を酌み交わしていたのは京都の街中にある店だった。六角通に面した「世紀亭」という飲み屋で、雑居ビルに挟まれた町屋をつかって、夏簾《なつすだれ》などを掲げているから格好ばかりは由緒ありげに見えるけれども、つい一昨年に開店したばかりらしい。

ただでさえ梅雨の明け切らない蒸し暑い時節だけれど、二階座敷には酔客たちが大勢押しこまれて、なおさら蒸し暑かった。冷房はほとんど効いていない。夏簾の向こうから生ぬるい夜風が吹きこんで風鈴を鳴らすたびに露店の匂いが鼻先をかすめる。夜風と一緒に宵山の喧噪《けんそう》が忍び入ってくるのが、なんとなく風情《ふぜい》のあるように感じられた。欄《らん》干《かん》から覗けば、浴衣姿の親父の赤ら顔が駒形提灯の明かりに浮かんでいた。

「さあ、さあ。喰ってよ」

乙川はおしぼりで汗をぬぐいながら皿をこちらへ押しやった。皿には気味の悪い虫の串焼きがのっていて、節に分かれた長細い身体をくねらせたまま固まっている。砂糖醤油で煮られたそいつは、やや暗い電燈の明かりに艶々と飴色に光った。

「孫太郎虫は精力強壮剤だからね。みるみる精がつくよ。子宝にポコポコめぐまれるよ」

「ひとりぼっちでどうやって子宝にめぐまれるんだよ」

「宵山名物なんだから、たんと喰わんと！　宵山に行ったのに孫太郎虫を食べないなんて笑われる。ほら、麦酒《ビール》に合うかもしれない」

そう言って乙川は俺のグラスに麦酒を注いだ。

そばを通りかかった店の女性に、「この虫は本当に宵山の名物ですか？」と訊ねてみた。彼女は口をつぐんで、乙川へ目を遣った。彼はにやにやと笑っている。彼女は堪《こら》えきれずに笑いだした。「もういいでしょ、乙川さん」と言った。「こんな悪戯《いたずら》ばっかりして。可哀想ですよ」

乙川はにやにや笑うばかりで肯定も否定もしない。

「孫太郎虫って、なんなの？」と俺は訊ねた。

「ヘビトンボの幼虫だよ。水のきれいな川に住んでる」

「そんなわけのわからない虫を喰わせんな」

「でも精力強壮剤っていうのは本当だよ。奥州斎川孫太郎虫というのは商品名なんだね」

「それにしたってひどいよ。こいつはね、昔からこういうやつなんですよ」

俺はかたわらで笑っている女性に言った。「嘘ばっかついて」

「知ってます、こないだも洲崎先生を怒らせてねえ」

「洲崎先生、あれから来た？」

「見えません」

「僕のせいだったりすると悪い気がしないでもないですな」

「先生は乙川さんみたいな飲んだくれじゃありませんから」

「シッケイだなあ」

「シッケイです」

乙川は煙草に火を点けてから「麦酒もう一本」と言った。

「こうやって会っても、喋ることはあんがい昔のことばっかりだね」

「だって、おまえが何も喋らんから」

「藤田君も喋らんでしょ」

「まあ、おまえに喋るほど面白いことはないし……」

大阪の大学を卒業した後に家電メーカーに勤めて三年が経っていた。ふだんは千葉に暮らしているのだが、週末に出張があって梅田の支社へ出かけてきた。その前から乙川に「今年の夏は宵山に来い」と言われていたので、仕事が終わった足で電車に乗って京都へ出かけてきた。

乙川は大学を出たあとも京都で暮らしている。学生時代、「こいつはいったい将来どうするんだろう？」と俺なりに固唾《かたず》を呑んで見守っていたのだが、京都にある古道具屋に就職したと聞かされた。なんとなく納得した。乙川は昔からへんてこなガラクタを集めるのが好きで、実家の寺にあったガラクタもにこにこ笑いながら持って帰っていたからだ。

「おまえ、仕事はどうなの？」

「まあ、色々あるよ。妖怪の跋扈《ばっこ》する世界だからね」

「おまえにぴったりじゃないか」

「うん。僕も早く本式の妖怪になりたいよ。でも杵塚《きねづか》会長に言わせると、僕なんかまだまだだって」

そう言いながら、乙川はにこにこ笑っている。

「それにしてもおまえは変わらんなあ。高校時代からよくそれだけ変わらないでいられるよ」

「若くして完成されていたということかもしれない。大器早成って言いますでしょう」

「そんなことは言わん」

「おまえの頭は天窓が開いている、って言ったのは藤田君だっけ」

「そうだよ」

「いい言葉だね。簡潔にして要を得ている。君も頭の天窓を開くといいよ」

〇

高校時代、乙川の「頭の天窓が開いたような」ヘンテコさを知る人間は少なかった。

彼は大胆なことを平気でやってのけるくせに照れ屋だったから、慣れない人間の前ではたいてい黙って澄ました顔をしていた。

俺たちの通った高校は、かつて筒井順慶《つついじゅんけい》が建てたという城の跡にあった。駅から城へ向かうゆるやかな上り坂を自転車でのぼって三年間通った。

高校時代、俺はまずまず愉快に過ごした。

当時は「自分にはそれなりに人望がある」と自負していた。小学生の頃はむしろ目立たない方だったけれども、中学に入った頃から頭角を現して、たいていはクラスの中心グループに自分の居場所を確保できるようになった。そういうところにいると、乙川のような男の姿はなかなか視界に入ってこない。彼の存在がくっきりと輪郭をもって見えだしたのは、あの夏休み前の出逢い以来だ。

ところで、その頃俺たちの高校では、ときおり「珍事」が起こっていた。

木彫りの小さなお地蔵様が毎週月曜日になると教壇に現れたことがある。いくら片づけても、翌週になると新しいものが置かれてある。それがどれも味のある可愛い顔をしていたので、職員室でも話題になった。物がお地蔵様だけに捨てるに捨てられず、それらは校長室の隅に今も鎮座してふくふくと笑っている。

高校二年の冬には、クリスマスツリーが教室に出現したこともあった。男子便所のトイレットペーパーが一夜のうちに甘い香りのする桃色のものに替わっていたこともあった。文化祭の予算不足で嘆く演劇部に金一封が届けられたこともあったし、正月明けに学校に来てみるとクラス全員の机の上に豆粒みたいな鏡餅が置かれていたこともあった。

それらの奇妙な出来事の真相を、快刀乱麻を断つようにして解決したのが、高校生探偵として名を馳《は》せていた乙川であった——というようなことはなく、暗躍してそれらの珍妙な事件を仕組んでいた犯人が乙川だったのだが、なにしろ目立たない男だから、それらの珍事と彼を結びつけて考える人間は誰もいなかった。かく言う俺も彼から教えてもらうまで気づかなかった。

なぜあんなことをするのかと訊ねたことがある。

「さあ。無性にやりたくなっちゃうんだな」

乙川は言った。「なんでかなあ。生《い》き甲斐《がい》というやつかなあ」

「でも、誰もおまえの仕業って知らないだろ。張り合いないだろ」

「その慎ましい感じに、また味があるね。誰にも言わないでよ」

乙川の仕組む珍事には金のかかることもあったので、俺はその資金源が気になった。訊《き》いてみると、乙川は山歩きが好きなので、薬用になる植物を採集してきては、奈良の三条通にある知り合いの漢方薬店に売って「予算」を確保しているという。古道具を金に換えるのも得意で、うちの寺から持って行った掛け軸や壺《つぼ》は言うに及ばず、田んぼの隅に転がっている古い発動機やら、物置小屋で色褪《いろあ》せていた看板やら、乙川の手にかかれば金に換えられないゴミはないのではないかと思った。

乙川のやることなすこと、ことごとくヘンテコだった。ヘンテコだけれども、天才肌だとか、末怖ろしいとか、そういう感じでもない。ただ、ありのままに、ヘンテコで、自由自在である。

当時の乙川は仏像を彫ることを趣味にしていたけれども、彫れば彫るほど置き場所に困るので、山歩きのかたわら大木の根元や岩場に置いてきたり、気が向けば学校に置いていた。お地蔵様が高校に出現したのはそのためだ。仏像彫りだけでなく、ひとりで「ねぶた祭り」に使われるような張りぼてを作っていたこともあった。その八面六臂《はちめんろっぴ》の活躍のかたわら、「超金魚」さえ育て上げた。

そうやって気ままに高校時代を過ごした後、彼は生まれ育った奈良から離れて京都の大学へ進んだ。俺は一年遅れて、大阪の大学へ進んだ。

○

俺は麦酒を飲みながら宵山の喧噪に耳を澄ませていた。

大学時代に二度、宵山の時節に乙川を訪ねていったことがある。しかし、宵山の夜を満喫するのはこれが初めてだった。なぜかというと、乙川は俺を宵山に連れて行くと約束しておきながら、ぜんぜん関係のない場所へ連れて行くのが常だったからだ。

「これで藤田君も『宵山を見た男』になったねえ」

乙川がしゃもを豁《かじ》りながら言った。「いつ千葉へ帰るの？」

「明日、山鉾巡行を見てから帰る。泊めてくれるだろ？　ホテルが満杯で予約が取れん」

「泊めるのはいやだなあ。まだ新幹線には間に合うよ。もう宵山も見たんだから、千葉へ帰って、好きなだけ京都通ぶればいいよ」

「まだぜんぜん見てないじゃないか。案内してくれよ、誘ったのはおまえのくせに」

「じつは予定が狂って忙しくなってね」

「今さら言い逃れは許さん。これまで二回も騙されてるからな」

乙川はふふふんと笑っているのである。

俺が初めて宵山見物へ出かけてきたのは大学に入って一年目の夏で、乙川は真如堂《しんにょどう》というう寺のそばのアパートに住んでいた。

彼は吉田山を越えて真如堂へ至る地図を描いて送ってきたので、俺は汗水垂らして鬱蒼とした山を越えて行ったのだが、後から教えられたところによると銀閣寺道のバス停で降りれば、ひいひい言いながら吉田山を越えていく必要はなかったのだ。それでもとにかく彼の下宿に着いて休憩して、宵山見物へ出かけた。連れて行かれた宵山はあんがいあっけないものだった。乙川は神社の御神燈を指さして、「これが鉾だよ」と言った。俺が連れて行かれたのは上賀茂《かみがも》神社であったということが後になって判明した。

二度目に訪ねたのは大学最後の夏で、今度こそは宵山を案内してもらおうと思っていたら、小さな電車に乗せられた。揺られて町を抜けていくうちにどんどん森へ入っていって、辿りついたのは鞍馬《くらま》だった。しかたがないので鞍馬をぶらぶらして帰ってきた。乙川は鞍馬山へ修行に出かけて猪に追い回された友人の話とか、谷間で湧きだす「天狗《てんぐ》水《みず》」という空飛ぶ水の話だとか、例によって胡散臭《うさんくさ》い話を延々としてくれた。おかげで俺は何の役にも立たない知識は増えたけれど、けっきょく宵山を見ることはできなかった。

三度目にして、俺はようやく宵山へ足を踏み入れることになったのだ。

「おまえね、二回も俺を騙して、どういうつもりだったの?」

「悔しかった?」

「べつに悔しくはなかったけどな」

「なぜ山に登るのか、そこに山があるからだ。なぜ藤田君を騙すのか、そこに藤田君がいるからだ。これは本能というものだね」

「今日も、本当に宵山へ連れてきてくれるか疑ってた。まあ、俺もオトナなのだから、駄目だったら自分一人で回ろうと思ってたけどね」

「それはよした方がいいだろう」

乙川が眉間に皺《しわ》を寄せて言った。「慣れない人間には危険だ」

「なんで？」

「だって祇園祭にはいろいろとルールがあるからね。それをわきまえてないと……」

「また嘘をつく気だな」

「お、先手を打ったね」

「俺も大人になったからな」

掛け時計が七時を指していた。簾をよけて空を見上げると、長い夏の日も暮れつつある。俺たちはそう長く店に腰を落ち着ける気はない。夜は短いので、軽く食べてから宵山散策へ出かけるつもりだった。「では念願の宵山へ出かけようか」と乙川が言った。

出かける前に用を足しておこうと思った。「世紀亭」は間口はそれほど広いわけではないが、建物はどこまでも奥まで続いている。板廊下をめぐらせた坪庭には灌木《かんぼく》が茂って、燈籠《とうろう》まであった。

「こういう家に住んだら面白そうだな」

「面白いけれども、いろいろと大変だよ。冬は寒いし」

乙川は言った。「ほら、そこで下駄を履いて出るんだ。ここで待ってる」

重々しい扉の蔵が建つ薄暗い空間へ出た。その隅に便所があった。

用を足して戻ってくると、廊下で待っているはずの乙川の姿がなかった。「あれ！」と思った次の瞬間には、「またやられたか」と思った。しかしすぐに慌ててみせて乙川を喜ばせるのもしゃくなので、ことさら鷹揚《おうよう》にかまえて坪庭を眺めた。油断もすきもないな、あれだけ言っておきながら今回も宵山を案内しないとは少し繰り返しが過ぎるなあと考えているとき、妙なものを見た。

薄暗い坪庭をはさんで向かい側にも廊下がある。

ふいにその廊下に面した座敷の襖《ふすま》があいて、暗い中から光り輝くものが滑り出てきた。いわゆる「ねぶた祭り」に使われるような張りぼてで、金太郎のかたちをしている。腹をぽっこり膨らませた巨大な金太郎がグルリと回転して、音もなく廊下を進んでいく。作業着姿の若者が慎重に押している。

そのまま金太郎は廊下を向こうへ曲がって消えた。腹掛け部分の赤い輝きがぼんやりと脳裏に残った。

あっけにとられていると、金太郎が消えた先から入れ違いに乙川が現れて、坪庭をめぐる廊下を伝ってこちらへ来るのが見えた。彼はにやにや笑っていた。

「また、まかれた！　って思ったろ。そこまで没義道《もぎどう》なことはしないよ」

店の暖簾《のれん》をくぐって表へ出ると、宵山はさらに賑わいを増していた。電線とビルの角がごしゃごしゃと入り交じって見える空はうっすらと紺色になっていて、街の明かりがふわりと浮かびだすようだ。

露店の焼き物の匂いが夕風に吹かれて漂ってくる。

背広姿の勤め人らしい人もいれば、団扇で胸元を扇ぎながら歩くおっさんもおり、派手な化粧の若い女連れもいる。学生らしい浴衣姿の男女もいる。かたわらをすり抜けていく浴衣姿の彼女のうなじに、ふと目を奪われたりした。

「そうか、これが宵山というものか」

狭い路地には露店が充満していた。

乙川は美味そうな匂いを漂わせている露店にふらふらと吸い寄せられたりしながら、歩いていく。乙川は昔から買い食いが好きだった。

「さっき言ってたルールを破ったらどうなるんだ？」

「保存会の人にしょっぴかれる」

「保存会って地元の人？」

「保存会っていうのは、それぞれの山鉾町にあるんだ。その人たちが協力して祇園祭をやっている。で、その保存会の総元締めが祇園祭司令部といって、このあたりの街中にあるんだ。しきたりをないがしろにする人間は、そこで宵山様にお灸《きゅう》をすえられる」

「宵山様ってなんだ？」

「祇園祭司令部の長老だろ、たぶん。これだけ大きなお祭りの采配を振るうんだから、それはもう怖ろしい人物に決まっている。いや、もう人間ではないかもしれない。連行された観光客は、怖くてみんな泣きだすそうだ。なにしろ歴史ある行事だからね、妖怪ぐらい出るよ。お祭り気分で浮かれていてはだめだ」

「お祭りじゃないか」

乙川は嘘をつくのが好きで、昔から俺は格好の標的だった。あとから振り返ればなぜあんな話を信じたのだろうと思うのだけれど、彼は平然とした顔をしてホラを吹くし、俺は人一倍純粋だから、うかうかと信じてしまうのである。「騙す私が悪いのか。騙される君が悪いのか」と乙川はよく言った。

しかし俺だって昔の俺ではない。

○

乙川のあとについて歩くばかりだから、自分がどのあたりにいるのか見当もつかない。どちらを向いても同じように雑居ビルや古い家屋が雑然と建てこんだ路地が続いて、大勢の人間が流れていく。露店から立ち上る煙がたゆたっている。乙川は迷うこともなく、すいすいと角を曲がる。そうすると、揺れ動く黒々とした人波の向こうに、紺色の空をついて駒形提灯で飾られた鉾や山が聳えているのが見えた。まるで夢の中の景色のようだ。コンビニエンスストアの前を通りかかると、店先にクーラーボックスを出して、店員が氷水で冷やした麦酒を売っていた。一缶買って飲みながら歩いた。

なんとなく楽しかったが、蒸し暑さと酔いに頭がぼうっとした。

どこまで歩いても祭りが続いているので、不思議な気がした。

俺に馴染《なじ》みのある祭りというのはせいぜい地元の神社の縁日ぐらいだが、そういうところでは祭りの中心がその神社であることはすぐ分かる。だが、この宵山というものは、どこに祭りの中心があるのか分からない。祇園祭というからには八坂神社が本拠地なのだと理屈では分かっても、縦横無尽に祭りが蔓延《まんえん》して、どちらの方角に八坂神社があるのかさえあやふやである。祭りがぼんやりと輝く液体のようにひたひたと広がって、街を呑みこんでしまっている。

そうやってぼんやりと考え事に耽っていたときだった。

蒸し暑く澱《よど》んだ空気の底に、風鈴の澄んだ音が響いた。その涼しげな音が耳に入ったとたん、俺を綿のように包む宵山のざわめきが遠ざかるような気がした。どこから聞こえるのかと見回すと、人混みの中に、すうっと流れ去る一群の赤いものが見えた。

それは華やかな赤い浴衣を着た女の子たちだった。

これだけ雑踏している狭い路地なのに、彼女たちは誰にもぶつからずに軽やかに駆け抜ける。その動きを追っていると、そのまわりはまるで時間が止まっているかのようだ。先頭を走っている一人が細い首をねじって振り返り、華奢《きやしや》な手をかかげて、追ってくる仲間たちへ得意げに風鈴を鳴らしてみせる。後に続く少女たちが嬌声を上げる。砂糖菓子のように白い腕に、赤い浴衣が映えた。色を濃くしていく夕闇の中で、ひらひらと舞うように路地を抜けていく彼女たちは、まるで薄暗い水路を泳ぐ金魚の群れのようだった。

俺はふと、寺の裏を流れる水路を泳ぎ回っていた金魚たちのことを想った。水路にしゃがみこんで金魚をすくっていた乙川のことを思い出した。

乙川は人なつこいくせに、なかなか人に慣れようとしない矛盾した男だったから、例の「水槽」を見せてもらえたのは高校一年の秋の終わりだ。乙川は幾つもの水槽を持っていたが、水温や水の汚濁度を調節して、徐々に過酷な環境をしつらえ、その厳しい環境に耐えうる金魚を選別していた。たいていの金魚は駄目で、もとの水槽に戻されたけれども、「今のところ一匹だけぜんぜん平気な顔をしているやつがいる」という。水草で濁った暗い水槽を見ていると、その奥から金魚とも思えない怪物のようなやつが悠然と顔をのぞかせたので、俺はのけぞった。

赤い鞠《まり》のようにまん丸に膨れ上がり、まるで「ふくれっ面」に小さな鰭がついたようだ。そいつは俺を睨みつけ、小馬鹿にするように鰭を揺らした。そうして、乙川が水槽に落とす得体の知れない粉末を、ものすごい勢いで食べだした。「これは金魚じゃないぞ」と俺は思わず叫んだ。

「たしかに、もはや彼は金魚じゃない。このあらゆる試練をくぐりぬけた金魚を、『超金魚』と僕は名付けた。世界で一番、丈夫な金魚だ」

「いや、こんな金魚がいるもんか。これはアマゾンの怪魚だ」

俺は言ったけれども、乙川は「超」金魚なのだと言い張るのだった。

「だって、ここまで鍛え上げるのに三年かかっているんだからね。うちへ来たときには、可愛かった。それがここまでふてぶてしく立派になって、嬉しいねえ」

「まあいいや……でもそんなことして、なんの意味があんの?」

「よくぞ訊いてくれた。じつのところ、意味はないね、まったく」

嬉しそうに笑っている乙川を見て、「へんなやつだなあ」と思った。「面白いやつだなあ」とも思った。

そうやって昔のことを思い出すと愉快になってくる。

乙川に声をかけようとしたら、姿が見えなかった。

「あれ」

立ち止まり、周囲を蠢《うごめ》く人混みを見まわしたが、乙川の姿は見えない。どちらを向いても人ばかりで目がちらちらする。二歩、三歩と歩んでみてから、首を回して溜息《ためいき》をついた。電話をかけてみたが、彼の携帯電話には電源が入っていないらしい。

「まかれたか?」

俺は雑踏の中にぽかんと立ちつくした。「またしても!」

○

高校時代、乙川はよくフラッと姿を消した。

帰りに一緒になって、たとえばクラスのほかの連中が交じってきたとき、話に夢中になって歩いていると、ふと乙川の姿が見えないことに皆が気づく。気づいたときには手遅れで、乙川がどこで姿を消したのか誰にも分からないのだった。クラスの連中もそんな乙川の振るまいを怒るでもなく、「まあいいや、あいつは変わってるからな」と言うだけで放っておいた。

俺と二人のときは、「じゃあ、僕はこっちに行くからサイナラ」と言うが早いか、スタスタと横道を歩いていった。狙ったように別れる直前に言うので、こちらは何も言うすきがない。有無を言わせぬという感じがした。ただし、冷たいという感じではなかった。文字通り「僕はこっちへ行く」という、それだけのことだ。そんなとき、俺は少し畏敬の念に打たれたようになって、彼の背中を見送った。なぜ乙川がそこで俺と別れて横道に入るのか分からない。乙川の家とは反対の方角であったりする。その行く先に何か用事があるのだろうとも思ったし、何も用事はないのかもしれないとも思った。

今でははっきりと分かることだが、俺は乙川を羨ましく思っていた。

クラスから孤立するわけでもなく、かといって人気者であるわけでもなく、つねに横道に身をひそめ、あれこれ工夫を凝らして妙ないたずらに耽っている。自分という存在を吹聴する必要も感じていない。好きにやれればそれでいい。「つくづく自分に満足している」という感じがした。彼と喋っていると、軽い風がつねに吹いているような気がしたものだ。それは彼の頭に開いた天窓から吹きこむ風だ。自分のまわりにからみついているうっとうしいものが気球のように浮かび上がって、すうっと高い空へ吹き飛ばされていく。

俺だって純粋かつ繊細であったから、いくら楽しげにやっていても、なんとなく苛立《いらだ》たしさや哀しさを味わうこともあったのだ。腹立たしくて、かといって暴れて発散するほど野蛮でもなかったから、ぐうっと腹に溜めて、一人で考えていると無性に苛々する。そういう時は、よく乙川とマクドナルドへ出かけた。俺が何も言わないでブスッとしながら「人生はつまらんのう」と高校生らしい狭い了見で物思いに耽りながらフライドポテトをやけ喰いしていると、乙川が喋りだす。

「藤田君藤田君、西瓜の平等な切り分け方を君は知ってるか」

三分もすれば、「人生は案外、いろいろ楽しいことがあるのかなあ」という気分になったのだから、安上がりなものだった。

その駐車場に辿り着いたのは、一時間ほど後のことだ。

宵山を一回りしてきて、あまりの人の多さに辟易《へきえき》していたところで、がらんとした駐車場に入ってホッと息をついた。地図を見てみると、三条通から室町通に折れたところにあたるらしい。駐車場には車が一台も停まっていない。隅にある街灯の白々とした光の中に、ドラム缶ほどもある緋鯉《ひごい》の風船が浮かんでいた。どこから飛んできたものか分からない。「さすが宵山だ」と妙に納得した。「風情あるなあ」

駐車場の隅に青いベンチがあったので、腰掛けた。

歩き疲れた足を休めながら乙川へ電話を掛けた。呼び出し音を聞いているとき、蚊取り線香の匂いが鼻先をかすめた。どこから匂ってくるのだろうと見まわすと、巨大な緋鯉の陰に隠れるようにして、赤い腹掛けをした金太郎みたいな子どもがむっつりとした顔をして立っている。顔が角丸の四角で、餅のように白い。腰に丸い円盤のような容器をぶら下げていて、そこに蚊取り線香が入っているようだ。

妙な工夫を凝らした子がいるなあと思っていると乙川が電話に出た。

「藤田君か？」

「おい、乙川。また俺をまいたな」

「誤解だよ。僕も君が見つからなくて困っていた。これだけ人間がいると、いったん離れるともう見つかるもんじゃないね」

「何遍も電話したんだぞ」

俺はそう言いながら、ちらちらと金太郎みたいな子を見た。男の子は蚊取り線香の煙に守られつつ、腹掛けを両手でじっと摑んで俺を睨んでいる。その迫力たるや大人顔負けだ。

「ごめんよ、気づかなくってね。藤田君、今どこにいるの?」

「俺に分かるかよ。駐車場だな」

「駐車場?」

「三条通から室町通を下ったところだよ。でかい緋鯉の風船が浮かんでて……なんだか金太郎みたいな子が俺を睨んでるんだけど、こいつ、どういうつもりだろう?」

「あ! やっちゃったな!」

乙川が叫んだ。「藤田君、それはたいへんまずい。そこは立ち入り禁止区域なんだよ」

「金太郎がいるぞ」

「金太郎は見張りだよ。その緋鯉は立ち入り禁止の印だ。祇園祭司令部へしょっぴかれないうちに出ないと、面倒なことになる。宵山様にお灸をすえられるぞ！」

「はあ？　そんなこと言われても……」

「だから、一人でうろうろするなと言ったのに」

俺は立ち上がった。

そのとたん、足下で硝子の砕けるような音がした。足をのけると、金太郎飴の残骸が転がっている。街灯の下にいた金太郎がこちらへ寄ってくる。俺が踏みつぶした金太郎飴を見て、泣きべそをかくような顔をした。「ゴヨー！　ゴヨー！」と甲高い声で叫んだ。

四方からわらわらと提灯の明かりが現れた。大きいのやら小さいのやら、無数の提灯が駐車場へ乱入して、俺のまわりを埋め尽くす。慌てて逃げようとすると、ドラム缶ほどもある提灯が居丈高に俺を押し戻すのだから腹が立った。提灯にはすべて「御用」と太字で書かれてある。連中を指揮している派手なはっぴ姿の若者が前へ進み出て、威圧的に叫んだ。

「祇園祭司令部特別警務隊である」

「誰だって？」

「祇園祭宵山法度《はっと》、第二十八条違反の現行犯だ。神妙にお縄につけ！」

「待ってくれ、落ち着け。俺はただの平凡な観光客だよ」

「確保！」

若者が叫ぶと、屈強な男たちが俺に躍りかかってきた。

あっという間に後ろ手に縛られ、束ねた草のようなものを口に突っこまれた。乾いた笹らしい。屈辱はそれだけにとどまらず、尻を丸い竹籠にすっぽり塡めこまれて身動きが取れなくなった。まるで罪人扱いだ。笹をあぐあぐ吐き出そうとしているうちに御輿《みこし》に載せられ、ふわりと持ち上げられた。

リーダーらしい若者が携帯電話に言うのが聞こえた。

「侵入者の身柄を確保。これより移送を開始」

○

駐車場の奥にあるコンクリート塀に梯子《はしご》が立てかけられ、俺は尻を竹籠に塡めこまれたみっともない格好のまま運び上げられた。塀の向こうには黒板塀に挟まれた細い路地が延びている。

突き当たりに橙色の明かりを漏らす格子戸が見えた。

先を走る男たちが格子戸を開くと、俺を担ぐ男たちはそのままなだれこむ。廊下を進み、襖を蹴倒すようにして奥の座敷へ到着すると、そこは金屏風《きんびょうぶ》がめぐらされて、ぎらぎらと眩《まぶ》しいほどだった。座敷にはたくさんの金魚鉢がならんでいて、金魚の赤がちらちらした。大きな扇子を持った和服姿の男が文机《ふづくえ》の向こうに座り、万華鏡をくるくる回して遊んでいた。いかにも栄養の足りていそうな頰をつやつやさせて、鼻の下には今どき珍しいチョビ髭《ひげ》を生やしている。文机に置かれたネームプレートには「骨董屋《こっとうや》」と書かれていた。

俺の尻をおさめた竹籠は、そいつの目の前にちょこんと置かれた。

男はふくれっ面をして俺を睨んだ。俺を運びこんだ若い男が差しだした紙を一瞥するなり、「まったく困っちゃうな！」と叫んだ。「この罰当たり！」

「立ち入り禁止とは知らなかったんです」

俺は笹を吐きだして叫んだ。「話を聞いてくれ！」

「あなたの証言は却下します！」

「待て！　待て！」

「問答無用！　くそたわけ！　宵山様に申し訳ないと思え！」

男は大きな判子を紙につき、「これだから遊び半分の観光客は困っちゃうのです」と言った。

男が両手を打ち鳴らすと、金屛風がぱたぱたと折りたたまれ、その向こうにある硝子戸が自動的に開いた。主張は一切認められないまま、俺はふたたび抱え上げられる。

硝子戸を抜けた先は狭い庭である。御輿が燈籠へぶつかって鈍い音を立てる。庭を抜け、木戸をくぐって外へ出た。そこから延びる一本の通路は両側に駒形提灯がびっしりとならんで、その下には招き猫と信楽焼《しがらき》の狸が交互に規則正しく並んでいる。猫狸猫狸猫狸猫狸猫狸と通り過ぎ、目がちらちらしたところで、通路は終わり、ふたたび木戸がある。

その向こうは枯山水の庭になっていた。きれいにならした砂を踏み散らしながら御輿は縁側から宏壮な邸宅へ上がりこむ。一階の座敷には大勢の人間がいて、ずるずると音を立てて素麵《そうめん》をすすっている。座敷の中を縦横無尽に竹筒が走って、ひっきりなしに素麵が走っているらしい。彼らは俺の御輿に驚く風でもなく、素麵に夢中である。

御輿は階段を伝って二階へ上がった。ゴウゴウと風が吹いているので「嵐か」と思ったが、二階座敷に入ってすぐに、特撮用に使うような巨大な扇風機が回っているのだと知れた。座敷の奥には一面に風車《かざぐるま》がならんで目の回る速さで回転し、鴨居《かもい》におびただしくぶら下がった風鈴は風に吹かれすぎてこんぐらがっている。回転する風車の前に、舞妓が立っていた。彼女は風にはためく鯉のぼりを左手に摑み、右手には大きな羽子板を持っていた。羽子板には緋鯉が描いてある。

俺は先ほどと同様に竹籠に尻をおさめたまま吟味を受けた。

「入ったらあかん神社に入らはったって聞きましたけど？」

彼女は羽子板を振り回しながら柔らかい声で言った。

「そのうえ金太郎飴を踏み潰さはったん？　しょうのない人やねえ」

彼女は、竹籠につまっている俺の方へ身をかがめた。

「何、企んではるんどすか？」

「何も企んでませんよ！」

「怪しいお人ほど、自分は怪しくないと言うもんやわ。だからもうあんたの怪しさは折り紙つきや。ただのお客さんと違うでしょ。何を企んではるの？　言うておくれやす」

「そうじゃないって」

「あ、分かった。さては宵山様を暗殺するおつもりと違う？」

「宵山様なんて見たことも聞いたこともない！　縁もゆかりもない！」

「宵山様を暗殺するつもりやなんて……ほんま万死に値しはる人やねえ」

「値しない！　値しない！　まず人の話を聞け！」

彼女は紙にすらすらと毛筆でサインをし、「一見《いちげん》さんご案内！」と言った。そして巨大な羽子板で俺の脳天を一撃した。目から火が出た。「宵山様にとっちめてもらい」

俺が目から火を噴き出しているうちに、御輿は長い廊下を進んでいる。

廊下には行燈《あんどん》がならび、天井からはたくさんの硝子玉がぶら下がっている。よく見れば、その一つ一つに生きた金魚が入っている。御輿の担ぎ手たちが床を踏み鳴らすたびに、その金魚入りの硝子玉はたがいに触れ合ってコツコツ鳴った。

廊下の突き当たりにある大きな窓から外へ出ると、瓦屋根の上に作られた木製の渡り廊下が続いていた。遠い祇園囃子《ぎおんばやし》が聞こえてくる。一歩一歩と進んでいくうちに、その渡り廊下の突き当たりが別の民家の屋上に作られた物干し台に通じているのが分かった。そしてその物干し台では、胸から顔まで白粉を塗った髭もじゃの大坊主が金色の招き猫を抱いて立っているのが見えた。彼の両脇には松明《たいまつ》が盛んに燃えていた。

俺は一瞬、あまりのわけのわからなさに気が遠くなりかけた。

疾風のように運ばれながら自分が祇園祭司令部というところへ階段を上るようにして一歩一歩進んでいるのだということは分かってきたが、運ばれている理由は皆目見当がつかなかった。何かの間違いだとしか思えない。こうも次から次へと罵倒されるほど罪深いことはしていない。とはいえ、理不尽な罵倒を受け続けるうちに、それが伝統行事の奥深さなのかもしれぬと思われてきた。いっそ一切の罪を認めて謝ってしまった方がよいと思いもした。このまま祇園祭司令部へ運びこまれたら、どんな目にあうか分からない。宵山の奥深くに巣くう化け物のような、本当に怖い長老が出てくる前に、あっさり謝ってしまった方がよいかもしれない。

恐るべし京都、恐るべし祇園祭、恐るべし宵山。

素人の俺が、一人でほっつき歩くべきではなかったのだ。

やがて渡り廊下を渡り切って御輿は止まり、俺は大坊主の前へ置かれた。相手は怖ろしい目で俺を睨みつけ、「観自在菩薩《かんじざいぼさつ》ッ！」と大喝して、手に持っていた金色の招き猫を粉々に握りつぶした。俺の肝っ玉は縮み上がる。小さな竹籠にできるだけもぐりこもうとした。

「すいません。すいません。俺が悪かったです」

「しょうけんごうんかいくうどいっさいくやくしゃりし……」

松明がパチパチと音を立てる中、その大坊主はただならぬ迫力で経を唱えているのであった。俺も寺の息子だから、それが般若心経《はんにゃしんぎょう》であることはすぐに分かった。なにゆえ唱えているのかは分からなかった。俺に向かって経をよむ間、大坊主は腰にぶら下げた串を取りだしてむしゃむしゃ喰ったが、松明の明かりに浮かび上がるそれは、間違いなく砂糖醤油で煮た孫太郎虫であった。

「そんな阿呆な……」

俺が呟いていると、大坊主はクワッと目を開き、「とくあのくたらさんみゃくさんぼだいこちはんにゃはらみた」と唱えながら、長い手拭いを取りだした。そうしてそれを細くしごいて、俺の方へかがみこんでくる。絞め殺されるか、それゆえの般若心経か、この大坊主が宵山様なのか、いろいろなことを考えたが、俺はもう怖ろしさのあまり何も言えない。

「はらそうぎゃていぼじそわかそうぎゃてい……」

白塗りの大坊主はその手拭いで俺に目隠しをした。

「……ぼじそわか」

○

何も見えなくなったから、御輿がどういうルートを辿ったのか分からない。なにか賑やかなところを抜けたような気もする。露店の匂いがしたような気もする。やがて大きな建物に入って、長い廊下を男たちが走っていく音が聞こえた。つづいてエイサホイサと階段を上っていく。そして鍵の開く音がして、夜風が俺の頬を撫でた。俺の肝っ玉は縮み上がったまま、元の大きさに戻ることはなかった。

襖を開ける音がして、夜風が絶えた。またどこかに入ったらしい。

ようやく竹籠から尻を引き出されて手を縛っていた縄をほどかれ、目隠しが取られた。まわりでは先ほどの大坊主を始め、御輿の担ぎ手たちや、羽子板を持った舞妓や、万華鏡を眺めていた布袋《ほてい》面の男が、そろって平伏している。みな押し黙って言葉を発しない。

俺が座っていたのは四方を襖に仕切られた座敷だった。あたりを見まわすと、まるで演劇の舞台裏、あるいは骨董屋の倉庫のように雑多なものがひしめいている。

和傘やら壺やら箪笥《たんす》、ひときわ異彩を放っているのは絢爛たる雛人形、となりの大きな樫《かし》の机に置かれた青磁の皿には缶珈琲ほどの大きさの万華鏡がおびただしく積まれている。駒形提灯もある。古いランプや胡蝶蘭《こちょうらん》を模した硝子細工、赤玉ポートワインの瓶、招き猫や信楽焼の狸、幟《のぼり》、行燈、燈籠、大きな扇、五月人形……。

俺の向かいには時代祭の行列で見るような平安貴族の姿をした男がちょこんと座っていた。男のかたわらに「金魚鉾」と書かれた提灯が置かれており、向かって右には金太郎の偽ねぶた、向かって左には桃太郎の偽ねぶたがデンと置かれて華やかに輝いている。男は脇息《きょうそく》にもたれつつ、面倒臭そうに何か白いふわふわした綿のようなものをせっせと揉《も》んでいた。やがて大きなかたまりができあがると、彼は満足そうな笑みをもらした。グロテスクな金魚を描いた扇を口元にあてて、流し目で俺を見つめた。

「まろは宵山様の代理を務める者でおじゃる」と男は裏声で言った。顔にはべっとりと白粉を塗っており、頬には紅がさしてある。

俺は念のために平伏した。

「藤田とやら、宵山の掟《おきて》をわきまえざりしはたいへん困ったことにござそうろう。長年の伝統が台無しになっちゃったことこそものぐるほしけれ。宵山様はたいへんお怒りあそばされたよし、怒り心頭に発して怒髪天を衝《つ》くもおかしけれ、ゆめゆめ疑うことなきを申し渡す所存でありんす」

何を言っているのか、さっぱり分からない。

しかしもう竹籠から解放された以上、ここでわけのわからない刑罰を申し渡されるのを待っている理由はない。俺は男のわけのわからない日本語を聞き流し、逃げる機会をうかがった。

「ついては宵山様じきじきにお灸をすえられるぞよ」

男は先ほどから揉んでいた大きなかたまりを手に取った。

「お灸をすえるというのは、本当にすえるのか？　比喩かと思った」

「まあ、失敬なことを」

舞妓が羽子板で俺の頭を殴ろうとするのをよけ、俺は飛び上がった。そのまま逃げだそうとしたのだけれども、大坊主に片腕で楽々と捕まえられてしまった。畳に押しつけられたまま、俺が無念の思いを嚙みしめ、「お灸をすえられるというのはどれほど熱いのだろうか？　なぜ宵山に観光に来ただけなのに、こんな連中に文字通りお灸をすえられなければならないのか」と考えていると、スウッとあたりが暗転した。

「宵山様のおなり！」

ふいに俺をねじ伏せていた大坊主の手がゆるんだ。俺を取り囲んでいた連中がいっせいに退いて、気配を消した。俺は座敷の真ん中でひとりぼっちになった。

宵山の天窓が開いた。

座敷の天井がするすると端からめくれるようになって、夜空がのぞいた。四方を取り囲んでいた襖が大きな音を立てて倒れると、夜風が吹き渡る。そこは街中の古いビルの屋上らしい。唖然として周囲を見まわすと、キラキラと輝く街の灯がどこまでも続いているようで、縦横に幾筋も見える街路の底から夜祭りの明かりが滲んでいる。

金太郎と桃太郎のねぶたの向こうから、「金魚鉾」と書かれた駒形提灯をいっぱい吊《つる》した「鉾らしきもの」がしずしずとやってきた。大きな車輪がついている。提灯の間には金魚を封じた硝子玉が吊り下がって揺れている。駒形提灯の明かりに照らされて、硝子玉の中で身をひるがえす金魚たちが鮮やかに見えた。荒縄で縛られた物干《ものほ》し竿《ざお》みたいなものが天をついて立ち、そこにクリスマスツリーの電飾がからみついて明滅していた。提灯に囲まれた中央の台座には簾をかけた四角い大きな箱が鎮座していた。

俺が立ち上がって見つめていると、やがて「金魚鉾」は俺の目の前まで来て止まった。てっぺんの物干し竿のわきから花火が打ち上がり、宵山の夜空に炸裂《さくれつ》した。

連行された観光客たちが泣いて怖がるという宵山様の登場――。

箱を包んでいた簾が音もなく引き上げられる。

隠されていたのはマンボウでも飼えそうなほど巨大な水槽であった。

駒形提灯の明かりに浮かび上がる水槽の中には、でっぷりと太ってふてぶてしい、金魚というものの範疇《はんちゅう》をはるかに逸脱した、かつて金魚であったこともあろうというべき妖怪が浮かんでいた。ひらひらと明らかに体格に見合わない小さな鰭を揺らしながら、そいつは水槽の中でぽかんとし、宵山を眼下に睥睨《へいげい》するようだった。まさに宵山のヌシたる「宵山様」の名にふさわしい貫禄があったが、そいつの出自は俺が一番よく知っている。

「超金魚！」

俺は呟いた。

俺のかたわらに立った平安貴族が歌うように言った。

「騙す私が悪いのか。騙される君が悪いのか——」

◯

俺と乙川は、ボンヤリと金魚鉾を眺めて夜風に吹かれていた。乙川が扇に仕こんだスイッチを押すたびに、電飾の輝きが波を打つように変わった。俺たちの背後では大坊主や舞妓や布袋面の男や御輿の担ぎ手たちが夜逃げのように後かたづけをしている。俺は学園祭を思い出した。

乙川は孫太郎虫の串焼きを俺に勧めた。

「そんなもの、喰えるか」

「精がつくよ。効果は超金魚で証明済みだ」

「おまえ、あの金魚はこれを喰わせて作ったのか？」

乙川はニッと笑った。

「やれやれ」

「ともかく、これが宵山というものだよ。藤田君」

「嘘つけ」

「実を言えば、準備が大変だった。あんまり大変なんで、もうやめようかと思ったよ。こんなことを言うとケチくさい男だと思うかもしれないけど、莫大な金と時間を投資した」

「それはイヤというほど、よく分かる」

「びっくりしたろ？　本当に宵山様のところでお灸をすえられると思ったろ？」

「一つ聞きたいんだけれども、こんなことをして何の意味があんの？」

「よくぞ訊いてくれた。意味はないね、まったく」

乙川は嬉しそうに笑った。「でも頭の天窓が開いたろう？」

宵山劇場

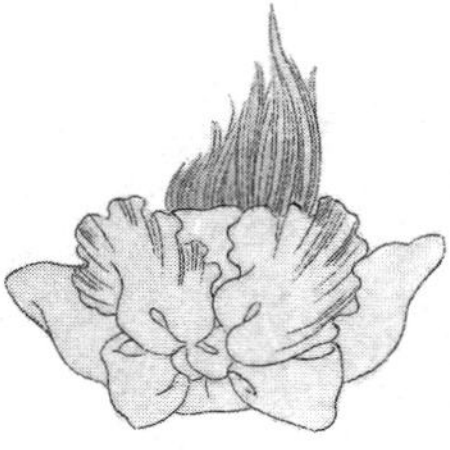

小長井は四条烏丸の北西、室町通六角近くに住んでいる。学生の分際でなぜそんな街中に住んでいるのかというと、彼の伯父が所有する築十八年のワンルームマンションを格安で貸してもらえることになったからだ。ありがたく思って然るべきだが、小長井は自宅を訪れて羨ましがる学友たちに文句を垂れてばかりいた。彼曰く、大学までは自転車で二十分もかかる。マンションから出るたびに人が大勢歩いているから苛々する。古いマンションだから壁から怪しい音がする。隣室の人間は女性を連れこむ。しかもその女性が美人である。さらに三階の踊り場には幽霊が出る。

わけても彼が不愉快がるのは祇園祭であった。

宵山の夜、その翌日の山鉾巡行。祇園祭の賑わいが最高潮に達する。新幹線に乗って、ＪＲに乗って、阪急電車に乗って、京阪電車に乗って、近鉄電車に乗って、見物客がこの界隈へ流れこんでくる。その数たるや、何十万人という話だ。宵山の夕暮れには、近所の路地が露店と観光客と地元民に埋め尽くされる。マンション前の狭い通りに「鯉《こい》山《やま》」が組み上げられて、雑居ビルの谷間に駒形提灯を輝かす。

祇園祭の真ん中で、小長井は自宅へ籠城《ろうじょう》する。いったん出かけると人の波に呑まれてマンションへ帰れなくなるからだ。「こんなに大勢の人間が一ヶ所に集まる必要があるのか」と小長井は自室で激昂《げっこう》する。

ある人が訓戒を垂れてみた。ぶうぶう文句を言うならば、祇園祭の渦中から逃れて、大原の里にでも行けばよかろう。誰も止めない。

小長井もそれは同感だという。

しかし言う――「引っ越しするのが面倒臭い」と。そして「でも祇園祭は嫌いなのだ」と。

そのくせ、小長井がベランダから宵山の雑踏を見下ろし、目前の路地に組み上げられた鉾の明かりに眼を細めながら、楽しげに麦酒を飲む姿も目撃されている。実は祇園祭が好きなのではないかと言う人もいた。そう指摘されると、彼は「そんなことは断じてない」と述べた。

かつて、彼はこう語ったことがある。

「俺はたいへんワガママだが、己のワガママがもたらす苦しみに耐える男だ。己の行為の報いは己で引き受ける――ただし、文句だけは人一倍言わせてもらう」

○

とりあえず、宵山当日の早朝から話を始める。

最後の追いこみ作業で夜が明けた。小長井には僅かでも眠るほかに欲望はなかった。やわらかく薄汚れた布団を目指して裏通りをよろよろ歩む彼の耳に、街中のゴミを漁る烏の声が聞こえていた。ビルの角に切り取られた七月の空は澄んだ青色で、白々とした朝の光が射している。早朝の街は閑散として、宵山の雑踏が想像できない。

「まったく、ゲンキンな人たちめ」

彼はぶつぶつ言った。「祭りが始まるまで誰も来ないんだ」

ふと顔を上げると、人気のないがらんとした室町通に、縄で組み上げられた「鯉山」が聳えている。

「こんにゃろう」と小長井は呟いた。

彼は眼をこすりながらマンションの階段を上り、シャワーで汗を流すのもそこそこに、全裸で布団に倒れこんだ。うつらうつらしているときに、友人の丸尾から電話が掛かった。

「お疲れー。不貞腐《ふてくさ》れないでね。今日はちゃんと来ておくれよう」

「あと三時間でバイトに行くんだ、寝させてくれ」

「頼むよう、本当に」

「黙れ」

小長井は丸尾の言葉を無視して、電話を切った。

それから眠りにつくまで、彼はうつらうつらと回想する。

こんな風に過酷な宵山を迎えることになったのには、電話の向こう側にいた丸尾という人物が関係している。

まだ新緑の美しい季節に、小長井は丸尾から大学の中央食堂に誘い出された。

彼らはさほど親しくなかった。しかし学生実験では同じグループだったから、丸尾がイイカゲンな男であり、腹がぷよぷよしており、二の腕がひんやりしており、他人を使うことに長《た》けている、すなわち要領がいい、ということを小長井は知っていた。

薄暗い蛍光灯の下で鯖《さば》の味噌《みそ》煮《に》をばくばく食べながら、丸尾は「サークルを作る」と言った。

小長井は気が進まなかった。彼は前年の学園祭まで某劇団の裏方をしていたが、過酷な作業に燃え尽きて、引退した経験があった。また燃え尽きるのは嫌であった。しかも丸尾の言いぐさは怪しかった。大学生活も折り返し地点にさしかかっているのに、今さらサークルを作るとは、どういう魂胆か。声をかけるべき後輩の女の子獲得のための土俵作りではないか——小長井は邪推した。邪推のあげく、断った。

　丸尾は袖を捲《まく》り上げ、ぷよぷよの二の腕を撫でながら心外そうに言った。

「ひどいなあ。僕は女性との出逢いには困っていないもん」

「すごいことを言いやがる」

「夏までの期間限定サークル。奈良県人会の先輩に乙川っていう人がいて、その人の依頼なんだ。乙川さんは古道具屋に勤めているんだけど、以前ちょっとした仕事を手伝ったことがあってね。そのときは僕が無益なことばかりしたもんで、さんざん迷惑を掛けちゃった。それで今回の仕事が回ってきたわけ」

「ちょっと待て。なぜ迷惑をかけたのに、仕事を頼まれる？」

「世の中、役に立つばかりが能じゃないんだな」

　丸尾はうふふと気味の悪い笑い方をした。「偽祇園祭を作る計画さ」

「なんでそんなことをする？」

「それはあとで教えてあげる。サークル名は『祇園祭司令部』ってことにしよう」

「そんなの勝手に名乗っていいのか？　祇園祭の人に怒られるぞ」

「当日には日当も出るよ。一晩で三万円だ」

「三万円！」

「それぐらいの仕事はしてもらうもんね。まあ、奮発するのは乙川さんだけどさ」

小長井は腕組みして思案した。丸尾はニヤニヤしながら見つめている。三万円というのは大きな金だった。しかも、燃え尽きたとはいえ、かつては小長井も「裏方界に小長井あり」と誰かに物陰でお世辞を言われたこともある男だった。一度は懲りたはずの裏方魂がうずくのだった。思えば前年の秋に引退して以来、自分が空虚な日々を送ってきたような気もするのだ。

「君の噂《うわさ》は聞いているよ」

丸尾は言った。「学園祭で例の城を造った男だよね？」

小長井は内心の得意を隠すように首を振った。

「俺は調達屋にすぎん。指揮したやつは別にいる」

「お願いする。この仕事には君の経験が必要なんだ」

丸尾は手を差し出した。

小長井はしばし悩んだ末、丸尾のぷにぷにした手を握り返した。彼はワガママであることを自認しているが、お世辞に弱いことも自認していた。

○

小長井はムックリ起きあがった。不機嫌極まりない顔をしていた。三時間しか眠っていないからである。

彼は冷水に近いシャワーをひゃあひゃあ言いながら浴びた。

自宅を出て階段を下りると、狭い室町通はすでに大勢の人が行き交っていた。「鯉山」の前に足を止めて、写真を撮っている人もあった。彼の顔はみるみるうちに渋くなった。山や鉾の駒形提灯に明かりが入るのは日暮れからだが、早くも宵山見物の人々が京都へ乗りこみ始めているのだ。己の土地でもあるまいに、小長井は「勝手に乗りこんで来るな」とぷりぷりした。

人混みをかき分けるようにして、彼は数分歩いた。三条通に面したコンビニエンスストアまで来ると、店の前に氷をつめたクーラーボックスが出ていた。加茂茄子《かもなす》に似た店長が立っていた。祇園祭の賑わいに便乗してジュースや麦酒を通行人に売りつけているのである。

「おはようございます」

「おおう、おはよう。……ねえ、小長井君。君、今日の夜は入れない？」

「すいません。今日の夜は無理ですわあ」

「そうかあ……そうかあ……困ったなあ」

ぼんやりと呟く店長をおいて、彼は裏へ着替えに行った。

加茂茄子店長の営むコンビニエンスストアで、小長井は週末にアルバイトをしていた。自宅から歩いて数分というだけで選んだアルバイトである。今週末にはどうしても休みを取らねばならぬと考えて、ずいぶん前から店長に頼んでいたが、替わってくれる要員がなかった。交渉の末、夕方五時に上がらせてもらうことで手を打った。そのために小長井は睡眠不足で出てこなくてはならなくなった。

彼は祇園祭にコンビニエンスストアが繁盛することも気に入らなかった。わざわざ祇園祭まで出かけてきて、コンビニエンスストアで買い物をするのは妙な話だとつねづね主張していた。

小長井は店長と交代して、店の表に立った。

「暑くなるから、これ使いなさい」と店長が手拭いを貸してくれた。紺の地に白く蟷螂の絵がある。「いいだろう。昨日、ちょっと抜け出して蟷螂山を見に行った」

小長井は懸命にニコヤカな笑顔を浮かべながら、狭い路地をうろうろする観光客たちに声をかけ、冷えたジュースや麦酒や唐揚げを売りつけた。睡眠不足と疲労のせいで、声がしゃがれていた。ふと油断すると眉間に皺が寄る。日が高くなるにつれ、陽射しが強くなって、大勢の人間がいることもあり、暑苦しくてかなわない。頭がくらくらして気が遠くなるたびに、クーラーボックスの中の氷を一つ取って、眉間に押し当てた。肩にかけた手拭いで汗を拭った。

そうやって堪え忍んでいると、人混みの中からスウッと丸尾が姿を現した。前日の夜を徹した大騒動の最中、悠然と姿を消した丸尾は、ただでさえつやつやした綺麗な皮膚を、いっそうつやつやさせていた。

「唐揚げくださーい。あと、麦酒も」

丸尾は言った。小長井は眉間に皺を寄せた。

「おまえ、昨日は途中で逃げ出したな」

「眠たかったんだもん。だから朝、電話したじゃない？　僕だけタップリ寝て悪いなあと思って」

丸尾はからあげをもぐもぐと頰張り、麦酒を飲んだ。「働く人の目の前で、日の高いうちから飲む麦酒はうまいなあ。背徳的な味がするよう……」

「黙れ。準備はできたのか」

「すべては僕の思い描いた通りに進行しているよ。山田川さんの尽力で金魚鉾も間に合うだろ。流し素麵と扇風機はこれから試運転をするし。乙川さんに連絡が取れないのがちょっと心配だけど、まあ、あの人も得体の知れない人だからねえ」

「もう行く気が失せたよ。俺、いなくてもいいだろ？」

「何を言ってる。今日ぐらい、僕らが本領を発揮できるところがほかにあるの？　君の晴れ舞台だよ。こんなことでもなければ、誰が君を必要とする？」

丸尾はずけずけと言ってから、「そうだ」と鞄から粽《ちまき》を取りだした。「いいかい。これを標的の口に突っこむのは君の役目なんだからね。ちゃんと練習しておいてちょうだい」

悠々と立ち去る丸尾を見送り、小長井は溜息をついた。

また氷を一つ取りだして、眉間にあてた。

◯

「祇園祭司令部」の設立を宣言する集いは、五月半ばに「世紀亭」という飲み屋で開かれた。

当日、乙川さんという人物は姿を見せず、丸尾が場を仕切った。

指揮を執る彼のもとに四つの班を作り、それぞれにリーダーを置く。人手が必要な場合は、退屈している学生を確保して手伝わせる。全体の計画は、リーダーたちと丸尾が相談して決めることになる。乙川さんはスーパーバイザーである。

小長井が世紀亭の二階座敷に到着したときには、丸尾と、ほかの二人のリーダーは揃っていた。高藪《たかやぶ》という髭面の大男、そして清楚なたたずまいの女性である。その女性を見たときに、小長井はハッとした。毎週土曜日の昼すぎになると、バイト先へ買い物に来る女性だったからだ。彼が向かいに座ると、彼女の方も小長井の顔に見覚えがあると気づいたらしい。「どこかでお会いしましたか？」と言った。

「コンビニですよ。毎週、土曜日に」

彼女はパッと顔を明るくした。「分かりました。普段着だと分かりませんね。どこかでお会いしたなあって考えてたんです」

「ご近所なんですか？」

「三条のバレエ教室で教えてます。岬と言います」

いかにも「バレエ」そのものの、白鳥のような雰囲気に小長井は見惚れた。

聞けば、バレエ教室で教える合間に乙川さんの仕事を手伝ったことがあり、それ以来、丸尾とも飲み友達だという。「やはり丸尾は油断のならぬ男だ」と彼は思った。先生は物腰が落ち着いているから年上に見えるが、実際の年齢は彼よりも一つ上にすぎなかった。思わぬ出逢いに彼は少し機嫌を良くした。これは期待以上に楽しくなるやもしれんと考えたのだからゲンキンなものだ。

残る一人の到着が遅れていたが、丸尾が立ち上がって開会を宣言した。

「説明しておくと、僕らは偽祇園祭を作るために集まったのです。乙川さんのご友人である藤田氏が、宵山の夜に京都へやってくる。この人を偽祇園祭に誘いこんで、まんまと騙すのが目的です」

「なんでそんなことをするんですか？」と岬先生が言った。

「騙してどうする。恨みでも晴らすのか？」と小長井。

「恨みはないのです。騙す必要もないんだ」

丸尾は言った。「ただの乙川さんの気まぐれです。だから意味はない。意味のないところに意義がある。意味がない以上、何をやってもいい。ちなみに費用はすべて乙川さんが出す。相手は祇園祭初心者で、しかも人の好い阿呆らしいです。楽しいね」

丸尾は各リーダーの役割を発表した。迫力ある面持ちで隅に座っている髭もじゃの大男は、力仕事担当。丸尾は総指揮。小長井は物品調達係。岬先生は進行とスケジュール管理である。その他、各リーダーには、役者として標的と接触する役目もあるという。

なかなか大変だぞと小長井は考えた。

「イタズラとはいえ、けっこう大仕事ですね」と岬先生に言った。

「私にできるかしら」

「先生はできますよ。舞台にも出るんでしょう。俺は裏方専門だから……」

「まだ来ていませんが、最後の一人に美術監督をやってもらうよ」

丸尾の言葉を耳にしたとき、岬先生を相手にして上機嫌に笑っていた彼は、ふいに真顔に戻った。ずんと重くなった腹をさすった。

なんだか嫌な予感がしたのだ。

客で賑わう座敷の向こう側に、見覚えのある女の姿が見えた。女は背筋を伸ばして、鋭い目で座敷を睥睨している。気づいた丸尾が声をかけた。「ああ！　山田川さん、こっちだよー」

「どうも、遅れてごめんなさい……」

遅れて来た女は、小長井の姿に気づいて、「アッ！」と言った。

「お前か！」と小長井は呻いた。

丸尾は「オヤ知り合いだったの？」と白々しい芝居をした。裏方の経験者として小長井をスカウトした男が、山田川敦子と彼の関係を知らないはずがなかった。

山田川敦子は、前年の学園祭におけるゲリラ演劇プロジェクト「偏屈王」の豪腕美術監督であり、あらゆる制止を振り切って、工学部校舎屋上に「風雲偏屈城」を建設した女であった。そしてその溢《あふ》れ出す支離滅裂なイマジネーションとあまりにも理不尽な采配ぶりによって、小長井を疲労困憊させ、劇団引退に追いこんだ張本人でもある。

小長井は席を立ちかけた。

しかしその時、「お知り合いですか？」と岬先生が美しく微笑んだ。

「どうしたの、小長井君。そんなに怖い顔しなくても……ほら、座れ！　座れってば」

丸尾が満面の笑みで言う。

小長井は膝を立てたまま、岬先生、丸尾、そして山田川へと視線をうつした。山田川の表情から、彼は何も読み取ることができなかった。座はいったん静かになった。

やがて山田川が腰を落ち着け、膝を立てたまま動かない彼をキッと睨んだ。

「今度は勝手に燃え尽きないでよね」

彼女は開口一番そう言った。

彼はカッとした。

「燃え尽きるものか!」

彼はお世辞に弱いことでも知られているが、挑発に乗りやすいことでも知られているのだ。

○

五月末までに会議が三回開かれ、彼らは全体の構想を練った。そのたびに「世紀亭」で飲み食いしたので、会議のたびにお札が消えた。丸尾は「僕にまかせておくがいい」と豪語したが、自分の金でないのだから豪語もできようと小長井は呆れた。呆れながら、しこたま御馳走《ごちそう》になった。

コンセプトの「偽祇園祭」は、すでに丸尾と乙川さんの間で決まっている。如何《いか》にその「偽祇園祭」をデザインするか。ただ不思議な祭りを作るだけではない、何らかのストーリー性のあるものをやりたいという丸尾の意見を土台にして議論を交わしているうちに、おおよその構想がまとまった。

それは以下のようなものだ。

「宵山の鉾や山は、それぞれの町にある保存会が維持している。その保存会の総元締めを『祇園祭司令部』といい、祇園祭の掟を破った観光客はそこへ連行されてお灸を据えられる。トップに君臨しているのは宵山様という謎の人物である（後ほどこれは『金魚』であるとされた）。哀れな標的である藤田氏（乙川さんの友人）は、宵山の掟を破り、街中に点在する関所を引きずり回されて尋問を受けたあげく、宵山様のところへ連れて行かれ、お灸を据えられそうになる」

藤田氏の経験する地獄巡りこそが、彼らが作り上げるべき「偽祇園祭」となった。

ただでさえ馬鹿な話だから、相手を騙すにはスケールと勢いで圧倒するほかない。だが、街の中心部は凄《すさ》まじく混雑するから、実際の路地にセットを組んだり、仕掛けを施すのは不可能である。

「どうするんだ？」

小長井が言うと、丸尾は胸を張った。

「大丈夫だよ。乙川さんの知り合いから、街中の家を何軒か、借り受けられる。そこへ誘いこめばいいんだ。簡単簡単」

「そんなに上手くいくものかしら？」と岬先生が言う。

「逃げられたら、どうする？」

「そうだね。じゃあ逃げられないように、籠に押しこめちゃおう。それを御輿で運べばいいや。はっぴを着た若者たちがね、わっせわっせと運んでいくの。遊園地の乗り物みたいで、楽しいね」

「悲鳴を上げられたりしたら？」

「何か口に突っこんどこう。祇園祭らしいものがいいなあ……」

そこで「粽！」と叫んだのは山田川敦子である。

「粽って、あのおいしいやつかい？」

「笹の葉で作った厄除けのお守りでしょう？」と岬先生が説明した。「祇園祭で売ってます」

「ああ、あの食えないやつか。あんなのを口に突っこまれたら、それはもう黙るしかないよね」

「我ながら名案だわ」

「よし、こんな感じでいこうよ」と丸尾が言った。

「金、どんだけかかるんだ？」

「それは問題にならない。金に糸目はつけないもんね」

丸尾が豪語した通りであった。

そのどれぐらい手間がかかるか見当もつかない計画を、乙川さんは承認した。

○

昼過ぎになって小長井は休憩に入った。

裏でカップラーメンをすすってから、気分転換にあたりをぐるりと歩いてみた。煙草屋の軒先にある自動販売機でジュースを買って飲みながら、街路を行き交う人々を眺めた。すでに浴衣姿で歩いている人もある。汗みどろの手と手を握り合って歩く男女もいる。

彼が欠伸《あくび》をしていると、丸尾から電話が入った。

「やあ、小長井君。ごきげんよう。今、屋根の上の渡り廊下の最終チェック中だよ。この提灯が灯ったら、これはもう幻想的な景色になるよ。わくわくしちゃう」

「それは良かったね」

「その廊下の先にぎらぎらと松明が灯って、丸坊主の高藪さんが全身白塗りで立っているなんて……僕なら心臓が止まるね、これは」

「それはいいね」

「でもさあ、高藪さんがまだ丸坊主に抵抗してね、うびょうびょ言ってたから山田川さんに活を入れてもらったよ。ちゃんと散髪してきてくれるといいけど」

「可哀想に」

「高藪さんもいないし、人手が足りん。君、そんなくだらないバイトは切り上げて、もうちっと早く来れない？　だいたい君、粽をねじ込む腕は磨いてるの？」

「人の仕事をくだらんとか、言うな。俺は五時まで動かん」

「困ったなあ。乙川さんも打ち合わせするはずだったのに来ないんだもん。困ったなあ。あの人、携帯電話になかなか出てくれないんだよう。まったく、信じられる？」

困った困ったと言いながら丸尾はへらへら笑っている。

「まあ、とにかく。待ってるからね。上がれそうなら、早く来てちょうだい」

「無理」

小長井は粽を相手の口にねじこむ練習をしてから、バイトに戻った。

◯

計画の全貌が定まったのが五月末、彼らが机上を離れて活動を開始したのは六月頭である。

丸尾はふくふくした頬をほころばせて会員たちを叱咤《しった》激励し、大坊主に化けるように命じられた高藪さんは般若心経を暗誦し始め、偽舞妓に化けることになった岬先生は京言葉を練習し始め、そして山田川敦子は湧き上がる妄想の具現化に取りかかった。ただ、真の黒幕であるはずの乙川さんは六月になっても彼らの前に姿を見せなかった。

山田川敦子の怖ろしさを誰よりも知っているのは小長井であった。かつて彼は「山田川には想像力があるのではない」と主張したことがあった。「そんなけっこうなものではない。あれは妄想だ。しかも湧き上がる妄想に脈絡がない」

彼が懸念していた通り、山田川敦子はあれこれと面倒な要求を始めた。

張りぼての金太郎を作りたいから、大量の和紙と竹ひごがいる。金魚鉾を作るためには、段ボールとベニヤ板、泥絵の具、針金、綱、クリスマスツリーの電飾、駒形提灯がいる。連行されてきた藤田氏を引き据えるための茣蓙《ござ》がいる。ライトアップ用の行燈がいる。木彫りの布袋が欲しい、達磨《だるま》が欲しい、招き猫が欲しい。天井いっぱいにぶら下げる大量の風鈴、鯉のぼり、風車《かざぐるま》も欲しい。風車を回して風鈴を鳴らすための大きな扇風機も欲しい。

しかし彼女の要求に応えられないのは沽券《こけん》に関わるから、小長井は和紙、竹ひご、段ボール、ベニヤ板、泥絵の具、針金、綱、電飾を手に入れた。駒形提灯は、安物の提灯を大量に買って、大きく「金魚鉾」と印字した薄い紙を貼り付けて誤魔化した。茣蓙や行燈はホームセンターで買った。布袋、達磨、招き猫などは乙川さんの所属する「杵塚商会」の手を借りた。

小長井が当惑したのは「金魚玉」である。硝子玉に紐がついて風鈴のようになっており、中に水を入れて金魚を泳がせるものだという。そんなものは見たことも聞いたこともなかった。仕方がないので百円ショップで見つけた透明プラスチックの風鈴を大量に買い、一つ一つ改造して作りあげることにした。

山田川に新しく注文されるたびに激昂し、丸尾に八つ当たりしながら、小長井は品物の手配に創意工夫を見せた。

「君、実は楽しんでるんじゃないのかなあ」と丸尾が言うと、「冗談言うな」と小長井は怒った。「俺は渋々やっているんだ。責任を果たしているんだ」

彼が手配したり改造した品々は、杵塚商会の裏にある町屋に運びこまれた。乙川さんが背後で手を回しているらしく、同じ町内の町屋や庭先の使用許可が下りていく。そうすると山田川の妄想はさらに規模が大きくなる。山田川は一つの町内に地獄の宵山巡りを作り上げるつもりらしかった。

作業場を手に入れた山田川は大学そっちのけで入り浸っていた。

彼女がもっとも力を入れたのは「金魚鉾」というデタラメな建造物であった。小長井は近所に住んでいるので、しきりに手伝いを頼まれる。彼が訪ねていくと、丸尾や岬先生や、顔も知らない学生たちが座敷に座りこんで竹ひごに紙を貼ったり、細かな作業をしていた。時には高藪さんが居心地悪そうに大きな背中を丸めて「金魚玉」を作っていた。その中心に立つ山田川がまわりの人間たちを叱咤激励している。その光景を見るたびに、小長井は劇団時代の悪夢を思い起こすのであった。

山田川が美術監督として何を提案しても、指揮を執る丸尾は「やりたまえ！」と叫ぶばかりなので、彼らが作っているものは「祇園祭」などとはまったく縁遠いものに変貌してきた。どう見ても脈絡のない、和風小物のゴッタ煮である。そのわけのわからぬものの一切を、小長井は「山田川劇場」と呼んだ。

ある日、小長井は山田川を呼び止めて「やりすぎではないか」と苦言を呈した。彼女はまだ着色の済んでいない巨大な張りぼての金太郎を抱えて座敷をうろうろしていた。

「想像がほとばしるの」

「おまえね、どうせなら劇団で想像をほとばしらせろ」

小長井が言っても、山田川はフンと鼻を鳴らすばかりである。

丸尾がまあまあと仲裁に入った。

「いいんだよ。これでいいんだよ。乙川さんはどんどんやれと仰《おつしや》る。彼は山田川さんのイマジネーションを高く評価しておられる」

「ほら！」

得意げに鼻を膨らませる山田川を小長井は無視した。

「これはあまりにも伝統を無視しているのではないか？　祇園祭でもない、京都ですらない、とりあえず和風ならばいいと、それはあんまりではないか？　こんなに無茶だと、相手にもすぐにバレるぞ」

「気にしなくていいんじゃない？　だいたい君は祇園祭が何なのか分かってる？　京都の伝統について何か知ってる？　ちなみに僕は何一つ、知らんよ」

「俺も知らん」

「そうだろ？　だから気にすることはないのだ」

丸尾は言った。「騙す相手は初心者なんだ」

それだけたくさんの作業を並行させながら、山田川は細かいところにまで目が行き届いた。災難だったのは高藪さんであり、白塗り坊主にされるだけでも同情すべきであるのに、ついには昆虫まで喰わされることになった。乙川さんが手に入れた漢方薬「奥州斎川孫太郎虫」というものを、丸尾が面白がって持ってきたことが山田川の想像力を刺激し、彼女はそれを高藪大坊主の怖ろしさを強調するために使おうと言いだしたのである。「これをガリガリ喰えばいいわ。丸尾君、もっと乙川さんからもらってきてよ」

「勘弁してくれよ」

高藪さんは頭を抱えた。「虫なんか喰えねえよ」

「漢方薬だもの。精力がつくのよ、高藪さん」

「精力つけてどうすんだよ。活用するアテがねえよ」

その言葉に触発されて、また山田川が明るい顔をした。彼女が明るい顔になるたびに、高藪さんは泣きそうな顔になる。まるで天秤《てんびん》の二つの皿のようであった。

「怪力の坊主ということにすれば、標的は震え上がるんじゃないかしら。何か固いものをバリバリッと片手で砕いちゃうの」

座敷の隅に座って、のんびりと風鈴を箱から出して並べていた岬先生が、「胡桃《くるみ》を砕いたらどう？　あれは固いでしょう」と言った。

「いいですね、それは」

小長井がすかさず褒めると、山田川が「そんなの駄目です」と切り捨てた。

「ケチくさい。そんなんじゃ、ぜんぜんインパクトがありません。怖くないし、だいたい大坊主がなんで胡桃なんか持っているんですか。脈絡がなさ過ぎます。ここはそうね、もっと異様なもの……そう、黄金色のグロテスクな招き猫がいいわ！」

「それこそ脈絡がないではないか！」という小長井の抗議を無視し、山田川は「高藪さん、招き猫ぐらい片手で握りつぶせますよね？」と言った。

「無茶言うな。俺は怪物か」

「なんだ、拍子抜けですねえ」

そういうわけで、粉々に砕けるように発泡スチロールを使って小長井が作ることになった。

「いよいよわけの分からないことになってきたぞ」

小長井は想像した。

バリバリと孫太郎虫を噛み砕き、黄金色に輝く招き猫を片手で握りつぶし、しかも般若心経を唱え続ける髭もじゃの大坊主。これは容赦なく怖い。怖いけれども脈絡はない。祇園祭ではさらさらない。もはや何を意図しているのか分からない。

○

宵山の一日は過ぎていく。小長井はふたたびコンビニエンスストアの表に出て、パラソルの下で汗をぬぐいながら飲み物を売った。

人混みの中からふわりと岬先生が姿を見せた。彼女は小長井を見つけると、上品に微笑んで歩み寄ってきた。土曜日の午後に姿を現すときのつねで、彼女は髪をきつく束ねて結んでいた。背筋をしゃんと伸ばして涼しげな顔をしており、ごった返す観光客の中でもすぐに分かった。

「お昼休みですか」と彼は訊ねた。

「ええ。お茶をください」

氷水から出したペットボトルを拭って小長井が渡すと、先生はそれを額に当てて、「ああ涼し」と言って笑った。「準備はうまくいってるのかしら？　私、夕方まで行けなくて悪いけど」

「丸尾が一応やってますよ。羽子板を振る練習はしましたか？」と小長井が言うと、先生は「嫌やわあ」と微笑んだ。

「それじゃあ、また後で」

「ええ。偽舞妓、楽しみにしてます」

先生は頭を下げると、去っていった。

バレリーナというものは「おしとやか」というだけでは駄目だということを、小長井はこの先生から学んだ。

きっかけは黄金色の招き猫である。

山田川の要望に応え、小長井は黄金色の招き猫を発泡スチロールで作った。いささかカクカクして角が目立つけれども、遠目に見れば誤魔化せるだろうと考えて持って行った。

製作期間も後半にさしかかって、町屋と隣の屋敷は異様な景色に変わっていた。その日は丸尾と岬先生と山田川しかいなかった。丸尾は山田川にこき使われており、岬先生は小長井が一乗寺《いちじょうじ》の古道具屋で手に入れてきた巨大な羽子板をぶらぶらさせながら、「何、企んではるんどすか?」とぶつぶつ言っている。「怪しいお人ほど、自分は怪しくないと言うもんやわ。だからもうあんたの怪しさは折り紙つきや」「言うておくれやす」と京言葉の練習をしているらしいが、やはり嘘臭さは隠せていない。

小長井は先生に頭を下げてから、難しい顔をして座りこんでいる山田川のところへ行った。彼女は信楽焼の狸と招き猫をたくさん並べて仔細に点検していた。小長井が手製の黄金色の招き猫を「できたぞ」と渡すと、彼女は「ふむ」と言い、くるくると回して眺めた。

そしてそれを両手で摑んで、グシャッと破壊した。「よし」と言った。

小長井は、しばし絶句した。

やがて「何をする!」と息も絶え絶えに言った。「せっかく作ったのに!」

「だって、試しに壊してみないと、うまく壊れるか分からないでしょ!」

怒り心頭に発した小長井と山田川の決戦の火蓋が切られた。摑み合いも辞さない各自の激昂ぶりに、慌てて丸尾と先生が割って入った。それでも口論は止まらず、丸尾は小長井を宥《なだ》め、先生は山田川を宥めた。そのため、いったん火の点いた山田川の怒りの矛《ほこ》先《さき》が先生に向かった。山田川は先生のへたくそな京都弁を罵り、バレエの悪口を言った。

「悔しかったら、もっとアイデアを出してごらん！　ほらほら！」

先生は言葉に詰まった。

「……綿菓子を、綿菓子をね……いっぱい並べてはどう？」

やはり山田川のようにはいかない。

「綿菓子！　それはいい！　夢があるし！　甘いし！」

小長井が先生を弁護すると、山田川はますます猛《たけ》り狂った。「なにが綿菓子よ！」と叫んだ。「綿菓子なんか、宵山のどこでも売ってるでしょう！　露店へ行け！」

「小長井君も良いと言ってるわ」

「彼は先生の味方をしますよ！　親切だから！　それは当然！　でも、それでいい気になられても困るというものです」

「いい気になんかなってません！」

先生が怖い顔をして、巨大な羽子板を振り上げて威嚇した。とたん、山田川が先生の腕を摑んでねじり、「痛い痛い！」と先生が叫ぶ間に羽子板を取り上げて突き飛ばす。逆に山田川が羽子板を振り上げようとするところへ、「もういいよ山田川さん」と丸尾が言った。「悪いのは全部小長井君だと、僕は思うよ。だから先生と喧嘩《けんか》してもしょうがないよ」

「おいおい、俺は悪くないぞ」

小長井は呟いた。

山田川は羽子板をポイと放り出して座りこんだ。先生は羽子板を拾い上げると、「ごめんなさい」と小さく言って、座敷から出て行った。

まことに馬鹿馬鹿しい、気まずい沈黙があった。

その後、小長井が自宅へ戻る前に庭を覗くと、夕闇に浸り始めた坪庭の隅で、先生が羽子板をぶんぶん振っていた。Tシャツから覗く白い腕には、筋肉の筋が浮いていた。根性のある人だと彼は思った。これしきのことでへこたれていては、バレエ修業はできないのであろう。

彼が感心して眺めていると、先生はこちらを見て、「あら」と羽子板で顔を隠した。

「いやな人やわ。何見てはりますのーん」

「『のーん』はおかしいですよ」

小長井は笑った。

○

淡々と仕事を続けるうちに午後四時をまわった。日は傾き、小長井はふたたび耐え難い眠気に襲われるようになっていた。欠伸をしながら、賞味期限切れの素麵セットをカゴに放りこんだ。

彼がレジ打ちに没頭していると、異様な巨漢がやって来て、店内の空気が張りつめた。高藪さんは山田川敦子の命じた通りに、頭をつるつるに剃っていた。髭はそのままである。ただでさえ持てあましていた迫力がさらに増していた。大学院で真面目に学問に励み、後輩たちを指導する真実の高藪さんの姿を思い描き、小長井は辛かった。見た目とは裏腹に高藪さんは繊細な心優しい人であり、小長井はこの二ヶ月ですっかり彼が好きになっていたのである。

高藪さんはサクマ式ドロップスと缶珈琲を持ってレジに来た。小長井を見て、顔をくしゃくしゃにした。泣いているのか笑っているのか分からない顔である。

高藪さんは丸尾の所属する某体育会系クラブの先輩であり、ただ巨漢で迫力があるという理由だけで選ばれた。丸尾が作ったおおざっぱな計画では「大男が標的を威嚇する」というアイデアがあった。しかし作戦会議の席上で山田川敦子は「それだけでは幻想味が足りない」と主張した。

「ここは断じて大坊主です。大坊主が般若心経を唱えながら迫ってくるの。怖い！」

「俺、坊主じゃないし、般若心経なんか分からないぜ」

おずおずと高藪さんが言うと、「覚えてください」と山田川はピシャリと言った。

「高藪さんが敵を迎え撃つのは、後半でしょう。いわばボスキャラに近いわけです。だからそれに見合うだけの迫力が必要ではない？　高藪さんは身体は大きいけれども、迫力が足りません。内面の繊細さが滲み出てるもの。そんなことじゃあ、てんで駄目です」

　ぴしぴしと打たれるように言われ、高藪さんは声もなかった。

　シンと静まった座の中で、山田川は唇に指を当てて、一瞬考えこんだ。すぐにイメージが湧いたらしい、「白塗りですね」と言った。「全身白塗りにしましょう」

「それは怖いね」と丸尾が言った。「でも、怖すぎない？」

「怖すぎるぐらいがいいの。全身白塗りにして、下からライトを当てれば……いえ、ライトじゃ駄目。松明よ。松明のぎらぎらした明かりに浮かび上がる白塗りの大坊主。これでいきましょう」

「松明はまずいよ。火事になる」

　小長井が反論すると、山田川は「火事にならない松明を用意して。消火器の用意も忘れないで」と言った。返す刀で「それから高藪さんは当日までに頭を丸坊主にしてください」と言った。

　高藪さんも小長井も愕然《がくぜん》とした。

　その宵山の午後、コンビニエンスストアのレジを挟んで向かい合った刹那、小長井と高藪さんの間には、戦友同士の魂の交流があった。彼らは静かに頷き合った。

「小長井君。俺さ、言われた通り、剃ってきたんだよ」

高藪さんは小さな声で言った。「これ、どうよ？」

「ご立派です。四百二十円になります」

「敢《あ》えて髭は剃らなかったぜ。これでいいよな？　山田川さんも怒らないよな？」

「完璧です。八十円のお返しです」

「俺さ、ただでさえ研究室の後輩にビビられているのに、こんな頭になったら、もっとビビられるんじゃねえかな。下手したら後輩がみんな逃げちゃうぜ」

高藪さんは哀しげに呟き、般若心経を唱えながら出て行った。どうやら、彼女の言いつけ通りに暗記したらしかった。その立派な後ろ姿に向かって、小長井はレジの中から合掌した。

○

小長井は最大の喧嘩のことを考えた。

きっかけは「流し素麺」であった。

七月、山田川敦子のイマジネーションは膨れあがり、誰にも止められなかった。肝心の黒幕である乙川さんは、彼女の活躍にたいそうご満悦ということであった。丸尾は面白がってけしかける。山田川は調子に乗る。いったん肉弾戦を繰り広げた岬先生は、それきり遠慮している。もとより高藪さんは戦力外である。彼女の暴走を食い止められるのは、小長井を措《お》いて他にいなかった。

山田川はクライマックスの「金魚鉾」が出現する場面を、ビルの屋上に移したいと言いだした。丸尾がさっそく動き、三条通に面した古風な雑居ビルの屋上を押さえてきた。岬先生の働くバレエ教室があるビルである。

「屋上に広い座敷を作るの。合図したら壁と天井がぜんぶ分解して、夜風が吹き抜ける。そうしたら向こうから『金魚鉾』がしずしずと進んでくる。それがクライマックスです。ああ、幻想的すぎて鼻血が出そう！」

必要な畳やら襖やらロープやら防水シートやら、学園祭事務局の知人の手を借りてまで走り回った小長井の堪忍袋の緒は、もはや喧嘩結びである。

そんな状況下で、山田川敦子はさらに「屋敷の中に竹が走っていて、怪しい男たちが流し素麵を喰っている」という、どう考えても不必要なイメージを追加しようとした。

小長井の堪忍袋の緒は、やすやすとほどかれた。

「なんで流し素麵なんだ！　そんなものがなんで必要なんだ！」

「夏の風情よ！　幻想的で無意味なところに味があるのよ！」

「もう十分だ！　無茶を言うのもたいがいにしろ！」

山田川敦子は絵の具を彼に投げつけた。

「これができないと我慢できないの！　この鼻孔から溢れがちの絢爛たるイメージをどうしてくれるの！　憤懣《ふんまん》やるかたないのよ！　私、脳味噌がもうぱんぱんよ！」

満座が注視する中、小長井は山田川に躍りかかり、両の鼻孔に指をさそうとした。意外に形の良い鼻をひくつかせて、彼女は悲鳴を上げた。「なにする！」

「内圧で脳味噌を吹っ飛ばしてやる。亡き者にしてやる」

「亡き者にされてたまるか！」

高藪さんに羽交い締めにされた小長井に向かって、山田川は「これは最大のチャンスなのよ」と言った。「お願いだから一回だけ、好きなだけやらせてよ」

「劇団でやればいいだろう！　俺を巻きこむな」

「巻きこまれてくれるのは、あなたぐらいでしょう！」

さすがの小長井も黙った。

そうまで言われてはやむを得なかった。

その翌日、小長井は高藪さんと丸尾を乗せて、軽トラックで洛西《らくせい》の竹林へ向かっていた。

桂《かつら》の駅前で岬先生を拾い、先生の実家が持っている竹林へ向かった。あれほど流し素麺を要求した山田川は「金魚鉾」の仕上げが忙しいと言って来ない、と小長井は車中でぷりぷり怒った。さらに竹林には藪蚊が飛び回っており、先生が用意してくれた蚊避けスプレーの効果も空しく、竹伐採に精を出した男たちは全員が蚊の餌食となった。

高藪さんは竹を切るのが上手く、さまになっていた。郷里の家に竹林があると語った。例によって丸尾はすぐに疲れ、蚊から逃れるふりをして竹林から駆けだして戻らなかったから、ほとんど小長井と高藪さんで作業した。「すいません、巻きこんでしまって」と謝ると、「いいけどさ」と高藪さんは言った。「小長井さあ。つくづく思うんだけど、おまえ、優しいなあ」

「俺のどこが優しいんですか、失敬な！」

彼はなぜか怒った。

「文句は言うし、派手な喧嘩もするけどさ、結局のところ、山田川さんのためなら何でもするじゃん」

「誤解されるようなことを言わんでください」

「丸尾から聞いたけどさ、山田川さんは劇団を辞めたらしいぜ。何か壮大なことをやろうとして、誰もついてこなかったんだと」

彼は竹を切る手を止めて、高藪さんを見た。高藪さんはボロボロの汚いタオルで髭面を拭いながら、葉の隙間から洩《も》れてくる陽の光を楽しげに眺めていた。

「なんで言わないんだろ」と小長井は呟いた。「知らなかった」

「恥ずかしいんじゃねえの？　誇り高い人だからなあ」

高藪さんはくしゃくしゃと笑った。「でも今は楽しそうじゃねえか。それはそれで、俺、いいと思うぜ」

○

宵山が迫ってくるにつれて、彼らは最後の仕上げに忙殺された。

風車を座敷の壁一面につけて工場用扇風機で回るようにする。風鈴を鴨居にぶら下げる。金屏風が自動的に折り畳まれる仕組みを作る（ただし人力）。流し素麵のために竹を割り、節を金槌《かなづち》と鑿《のみ》で削り取り、給水と排水の設備を作る。行燈をならべる。信楽焼の狸を並べる。招き猫を並べる。何十個もの金魚玉を完成させて吊す。標的を捕らえて運ぶための籠と御輿を用意する。金魚玉に入れる金魚たちは、宵山の当日に金魚すくいで手に入れることに決まった。巨大な鯉の風船を庭に浮かべたいと山田川が言うので、ヘリウムガスまで用意した。

敵を誘いこむ屋敷はほぼ完成したが、宵山様との対決場となる屋上にあるセットは、ぎりぎりまで完成しなかった。いくら予算がかかってもよいとはいえ、まるごと一つの座敷を作らなければならない上に、それを一瞬で分解しろと言われているのだから無理もなかった。三条のビルの屋上に畳をならべて襖をはりめぐらし、天井は布を張ることにしたが、分解する仕組みは難しい。

「やはり人力に頼ろう」と小長井が決めた。

学生たちに支えてもらい、合図と同時に天井の布を引き、襖を倒すことにしたのである。座敷には明かりを点けるし、金魚鉾には電飾をからませるから、借りてきた発電機も運び上げた。宵山様の座敷に迫力を持たせるために杵塚商会の在庫がありったけ動員された。雛人形に五月人形、樫の机、おびただしい万華鏡、青磁の皿、古いランプ、胡蝶蘭を模した硝子細工、赤玉ポートワインの古い瓶、招き猫や信楽焼の狸をさらに追加、色褪せた幟、扇など、本物贋物《にせもの》も見境ない。質も脈絡も問わない。

小長井が丸尾と一緒に軽トラックで奈良まで出かけ、「超金魚」なる不気味な巨大金魚を乙川さんの実家から輸送してきたのが宵山前日の深夜である。

「おい、寝るなよ。……なあ、とても三万円では割に合わんよ」

彼は運転しながら、丸尾に文句を言った。

「でも、今さら引き返せないよね？　そうだろ？」

「うむ。ここまで来れば意地でも引き返せん……」

「小長井君のそういうところが好きだよ、僕は。山田川さんもそう言ってた。じゃあ、おやすみ」

「おい、寝るなってば」

夜も更けた町では関係者たちが噂の超金魚の到着を待っていた。水槽をビルに運びこみ、四階の廊下に置いて布をかけた。昼日中の屋上は陽射しで焼けるから、超金魚とはいえ暑さに参るだろう。超金魚は本番直前に金魚鉾へ載せることに決まった。

「それにしてもふてぶてしい顔」

「妖怪ではないか」

その金魚ばなれした魁偉《かいい》さを皆で讃え合ったあと、山田川は屋上で金魚鉾の仕上げに取りかかり、他の学生たちは町屋へ行って準備をした。そのうち高藪さんは研究室に戻り、眠気に負けた丸尾は逃亡し、手伝ってくれていた学生たちも一人また一人と姿を消していった。

流し素麺装置の調整をしていた小長井がふと気が付けば、異世界と化した屋敷は森閑としていた。耳を澄ませていると、座敷の時計が四時を告げた。朝九時からアルバイトに出かけなければならないことを思い出し、小長井は立ち上がった。ウウンと伸びをしていると、「そろそろ帰ります」と岬先生が顔を出した。

「あれ、まだいらっしゃったんですか?」と小長井は言った。

「ちょっと夢中になってしまって」

明かりを落として屋敷を出たあと、先生は「屋上に寄ってみましょう」と言った。

「まだ山田川さんは頑張っていると思います。金魚鉾が気に入らないって手直ししてましたから」

二人は室町通に出たあと三条を折れて、ビルの屋上に行った。

がらんとした屋上の隅に宵山様の座敷を組み立てるための畳や襖が積まれ、防水シートで覆ってあった。ほぼ完成した金魚鉾は黒々と空に聳えていた。街の明かりは頼りなく、夜空がほのかに淡い紺色に変わりつつある。深夜まで降っていた雨は止み、空気はひんやりと心地よい。

鉾の下に広げたシートに山田川敦子の姿があった。毛布にくるまって、うたた寝をしていた。

「可愛い顔して、寝てるわねえ」

先生が寝顔を覗きこみ、母親のような声で言った。

「たしかに寝ていますね。可愛いかどうかは別として」

「小長井君、あんまり山田川さんに意地悪しては駄目よ」

「なんと！　俺のどこが意地悪ですか。これだけワガママを聞いてやっているというのに」

「それはそうだけど。でもやっぱり意地悪」

「フン、意地悪ならそれでもいい。こんな阿呆のことは気にしてやる必要はないんです」

「また、そんなこと言わはる」

小長井はたしかに山田川を阿呆なやつだと思っていた。

しかし寝顔を見ながら、かわいそうなやつだとも思った。

○

小長井が山田川敦子と出逢ったのは一回生の頃であった。

学生劇団の中には有名なものもあるけれども、有名でもなんでもなく、また有名になろうともしない泡沫劇団もたくさんある。勝手に設立を宣言するだけならば誰にでもできるということだ。なぜ山田川が泡沫劇団に入ってきたのか分からないが、小長井も人のことは言えなかった。彼もまた、気まぐれで劇団に入ったのである。

山田川敦子が暴走し、小長井がそれを補佐するという、彼自身は腑《ふ》に落ちないと思っていた役割分担はいつ決まったのか。彼らが二回生になり、劇団の中心に出るようになってからであろう。

貧弱な内容に見合わない壮大な舞台を作りあげるのが山田川の趣味であり、彼も最初のうちは頑張ったが、だんだんと山田川に振り回されることに疲れてきた。壮大な舞台を作るには金も手間もかかるが、金がかかれば他の劇団員が困る、山田川はそういったことを考えずに好きにやる、しわ寄せは彼に来る。節約しようにも限度がある。どうせ泡沫劇団だから解散しようと思えばいつでもできる。だんだん、劇団を維持しようという気力が全員から失われていった。

泡沫劇団最後の打ち上げ花火として計画されたのが、前年の秋の学園祭において、点々と路上で上演したゲリラ演劇「偏屈王」である。これはたしかに話題になり、あれほどゆるゆるだった劇団員たちの絆も結び直され、未来は明るいかに思われた。

だが他の劇団員と違って、小長井は燃え尽きていた。

ゲリラ演劇ということはセットを組まないということであり、山田川が妄想力を駆使する余地はほとんどないはずであった。しかし彼女は活路を見いだした。点々と上演された劇がクライマックスを迎える場面だけは、壮麗な舞台を作るべしと主張し、「風雲偏屈城」なる奇々怪々な城を、工学部校舎の屋上に、それも学園祭期間中にゲリラ的に建設することを主張したのである。彼女の理想を実現するために小長井が味わった苦しみは筆舌に尽くしがたいものであった。

もうこれで十分だと彼は思った。

次の上演に向けて意気軒昂な他の劇団員たちを横目に、小長井は劇団を去った。彼が去るにあたって、山田川からは何の言葉もなかった。自分の努力に対して彼女は感謝してもいないと小長井は考えた。「なんというやつ！」と彼は思った。

しかし、それから数ヶ月を過ごしてみて、結局のところ、自分がもっとも熱意をもって日々活動していたのは、あの劇団時代だけだったと小長井は知った。山田川の与える過酷な課題が、彼には必要だったのだ。彼女から解き放たれてみると、彼はグウタラと日々を過ごして、何の行動も起こさなかった。やる気も湧かなかった。彼は、自分は燃え尽きているのだと、いずれふたたび立ち上がるのだと思いこもうとしていたが、そうではなかった。

丸尾に誘われて、不本意ながら山田川の活動に巻きこまれてから、彼はゆっくりとそのことを思い知らされていった。認めるのは業腹《ごうはら》であったが、それは彼自身にもはっきり分かった。

小長井のエンジンは、山田川敦子無しには起動しないのであった。

○

日が傾いてくると宵山に繰り出す人の数は増し、浴衣姿も多くなる。

小長井はようやくアルバイトを終え、寝不足にふらふらしながら、宵山の雑踏を歩いていった。すでに山鉾には明かりが入って幻想的な輝きを見せ、街の情景が一変している。「たしかに、こんな雰囲気の中で山田川の宵山巡りに巻き込まれたら怖ろしいだろう」と小長井は感心した。「それにしても人だらけだな」

すぐに現場に向かう気になれず、室町通をぼんやりしながら下っていく。赤い浴衣を着た女の子たちが小長井の脇を駆け抜けた。ふと見上げると室町通に面したマンションのベランダから夫婦が身を乗りだし、麦酒を飲みながら宵山の雑踏を眼下に眺めていた。

「ああいう風になりたいなあ」と小長井は思った。

丸尾から電話が掛かってきた。

「小長井君、どこにいるの？　バイト終わった？」

「現在、ふらふらして気持ちの切り替えをしているところだ」

「君は暢気《のんき》でいいねえ。とりあえず流し素麺はうまくいきそうだよ。これは本当に、まったく、意味が分からないね。あと、あの扇風機はすごいパワーだ。勢いが強すぎて、せっかくヘリウムを入れた緋鯉風船を吹きとばしちゃった。山田川さんが怒った怒った」

「おいおい、鯉はどうしたんだ？」

「さあ。そこらへんを漂ってるんじゃないかなあ。困っちゃうね」

「呆れたやつ……」

「ともかく、君もぶらぶら遊んでないで、早くおいでよう」

小長井は電話を切り、それでもぶらぶらと歩き回った。

「南観音山」を通り過ぎて、錦小路通へ出るところで、黒い僧衣をまとった巨漢がふらりと現れた。これだけの人混みの中でも他を圧倒する迫力がある。本人は知っているのか、道行く人が何気なく避けて通っている。敢えて剃らなかったごわごわの無精髭が効果を上げている。この怪人が白塗りになって松明の明かりの中に浮かび上がるのだ。自分ならば卒倒するだろう、と小長井は思った。そして「高藪さん」と声を掛けた。

「お、小長井君。どうよ。俺、けっこう僧衣が似合うな」

「破戒坊主って感じですよ」

「実際のところ、俺の暮らしは坊主より坊主らしいぞ。禁欲的だしさ」

高藪さんは一度「蟷螂山」を見てみたかったのだ、と言い、買ってきた手拭いを嬉しそうに見せた。

「さて、あんまりのんびりしてられないぜ。そろそろ行かないとな」

「ええ。でも、まあ、俺の役割は終わったようなものですから」

「ま、そう言うな。せっかくだから最後まで見届けてくれよ」

そんなことを話していると、急に駆けてきた女の子が高藪さんの横腹にぶつかった。高藪さんが「およ」と言って見下ろすと、女の子は顔を引きつらせて後ずさりした。その目にみるみる涙がたまる。そして高藪さんが声を掛けるよりも前に、慌てて人混みの中へ逃げ去ってしまった。

「おいおい、そんなに怖がることないじゃねえか」と高藪さんは心外そうに言った。

「喰われると思ったんじゃないですか」

「俺、そんなにひどい人間じゃねえのになあ」

彼らは引き返し、室町通を北へ上った。

「黒主山」を過ぎて宵山の賑わいが尽きるあたり、がらんとした駐車場が左手に見えてきた。

「じゃ、行ってみようか」

彼らは駐車場の西にある塀を乗り越えた。

黒板塀を立てて作った偽路地を抜けていくと、「世紀亭」の離れを借りて作った「骨董屋の部屋」がある。インチキ手代みたいな丸尾が、メイク係の女の子にチョビ髭をつけてもらっているところである。丸尾は小長井たちに髭を得意そうに見せびらかした。

「どう？　素敵でしょう？」

女の子が「高藪さんも早く全身白塗りにしましょうね」と言ったので、高藪さんはどぎまぎしている。

「マジでするのかよう」

「マジでするのですよう。さあ、ほら。隣の座敷に道具一式ありますから」

小長井は金屏風の動作を確認してから庭を抜け、北隣の町屋を借りて作り上げた「流し素麺座敷」を通り、二階へ上がった。大型扇風機が送る風がごうごうと廊下を吹き抜け、おびただしい風車を回している。天井からつり下げられた金魚玉には、腕に覚えのある学生たちがいち早く宵山の露店で手に入れてきた金魚が入っている。小長井がこつこつと金魚玉を叩くと、金魚がひらりと泳ぎ回る。彼は満足して、ひとり頷いた。

廊下を歩いていくと、突き当たりに舞妓が立っていて、丸い窓の外を眺めている。彼女は小長井を振り返り、大きな羽子板で口元を隠した。

「おこしやす」と岬先生は言った。

○

小長井たちがビルの屋上へ出ると、山田川敦子の指揮のもと、畳が並べられ、階下から運び上げられてきた骨董品が設置されているところだった。幾人もの学生が襖を持ってうろうろしている。殺風景な屋上に畳が敷き詰められているのは奇妙な光景だった。

やがて丸尾たちも屋上へやってきた。

「そういえば小長井君。粽を口に突っこむ練習はしたの？」

小長井は丸尾に摑みかかると、片手で相手の頬をぎうと押し、口を開けさせた。電光石火の早技で粽をねじこむ。「ふご！　ふご！」と丸尾は目を丸くして呻いた。しばらく揉み合ってから解放すると、丸尾は粽を吐きだし、「ひどいや！」と唾を吐いた。「でも素晴らしい腕前だね」

「実家の犬に薬を飲ませるときの方法だ」

小長井は笑った。「それで、敵は今どこにいる？」

「今はねえ、乙川さんと世紀亭で会ってるはずだよ。乙川さんはすぐに敵をまいてここに来るはず」

「うまくいくかね」

「大丈夫だってば。相手は阿呆だもん」

「おまえもな」

「君もな」

そして丸尾は屋上の真ん中へ歩いて行き、「ハイハーイ、注目！」と叫んで両手を打った。

「ラストの金魚鉾登場シーンを練習しよう。襖係、そこ、並んで。囲むんだ。小長井君、中からどんな風に見えるか、入ってみてよ」

小長井が畳にあぐらをかくと、襖がずらりと取り囲んだ。布張りの天井をかぶせると、多少の無理はあるものの座敷に見えないこともなかった。小長井は十畳ほどの広さの座敷の真ん中に座りこんで、ポカンとした。襖の向こう側から丸尾たちの声が不思議な感触で聞こえてくる。薄ボンヤリと暗くなったら、ガタガタと隅に置いた和箪笥が揺れて、裏から這い出てきたのは山田川敦子であった。

「あ、おまえ、そんなところにいたの？」

「なるほどなるほど」

山田川はひとりで頷きながら、小長井のかたわらにチョコンと座った。「まずまずのデキね」

「まあ、よく頑張ったよ。もう沢山だ」

「私も」

「嘘をつけ」

「こんなこと、何遍もやれないよ」

「そうか。満足したか」

「うん。満足」

「劇団には戻れないのか？」

「……うん。もう満足したし、小長井君もいないから」

その時、外で丸尾の合図する声が聞こえた。

座敷の天井がするすると端からめくれるようになくなって、桃色の夕陽に染まった夏空が見えた。四方を取り囲んでいた襖が大きな音を立てて倒れると、かすかな夕風が頬を撫でた。目が暗がりに慣れたせいか、屋上から見渡せる建てこんだ街並みが懐かしいように感じた。

正面には山田川敦子畢生《ひっせい》の大作、「金魚鉾」が聳えていた。

そのグロテスクで混沌《こんとん》とした印象は、彼女が前年の秋に作りあげた「風雲偏屈城」を思わせる。小長井が手作りした駒形提灯、金魚を封じた硝子玉、乱立する物干し竿にからみついて輝く電飾の数々――日が暮れて闇に輝けば、そんな無茶苦茶なしろものも美しく見えることだろうと小長井は思った。

山田川が「あ！」と声を上げて、指さした。向こうの雑居ビルの屋上にある球形の高架水槽をかすめて、よろよろと大きな緋鯉の風船が漂っていた。

「鯉。あんなところにいる」

「落ちてきたら、拾いに行くか」

「ねえ、小長井君」

「なんだ？」

「私ねえ、ずっと、金魚が大きくなったら鯉になると思ってたよ」

「それは違うな」

「うん。違ったね」

金魚鉾の下で腕組みをして、感服したように頷いている男があった。彼はこちらへずんずんと歩いてきて、畳に座りこんでいる山田川に握手を求めた。

「ありがとう。期待以上のデキだ。さっぱり訳が分からん。素晴らしい」

山田川は嬉しそうに笑った。

丸尾が「どうですかあ、乙川さん」と訊ねると、その男は力強く親指を立てて見せた。

「それでは諸君！」

乙川さんは宣言した。

「阿呆を騙しに出かけよう」

宵山回廊

千鶴は一人暮らしをしたことがなかった。

生家は洛西の桂にあり、学生時代も家から通って済ませた。就職してからもそれは変わらず、淀屋橋《よどやばし》にある大阪本店に勤めているときは阪急電車で梅田まで出ており、この春に京都烏丸支店に変わっても電車を待つ番線を変えるだけですんだ。

駅までは自転車で十五分ほどだったので、旧街道沿いの古い町並みや、そのわきを流れる水路や、残っている畑や雑木林を抜けて、桂駅まで通った。傘をさすこともできない激しい雨模様であれば、最寄りのバス停から市バスに乗った。そして阪急電車で四条烏丸へ出て、烏丸通に面した勤め先へ通うのである。

同僚には、家から通うことができる彼女を羨ましがる人間もいた。職場のある四条烏丸の界隈にしても、子どもの頃から通っていた街で知り合いもいた。衣棚町には中学まで通った洲崎バレエ教室があったし、少し下った町中の一軒家では叔父が暮らしていた。

窓口に洲崎先生がやってきたときには驚いたものだ。

先生は制服姿の彼女を見るなり、「千鶴さん」と丁寧に呼んだ。「こんなに近くにいるのになぜ顔を出さないの」と問いつめる口調は半分冗談らしかったが、往年の厳しさを忘れられない千鶴は身体がかたくなった。自分のことを先生が記憶していることにも驚いた。そのために、口座開設の手続きをしながらも、ちぐはぐした感じがつきまとい、つねのような対応ができなかった。「きっと頼りない子だと思われたろう」と後から思い返して恥ずかしくなった。

ふだんは一人前の顔をしていても、思いがけず自分の来歴を知っている人間に出くわすと、やすやすと化けの皮をはがされる気がする。

子どもの頃から馴染みの街で働くのもやりにくいものだと千鶴は思っていた。

○

土曜日の午後、千鶴は四条烏丸へ出た。

阪急電車を降りてホームから上がってくると、四条通の真下を東西に走る地下道に出る。くすんだタイル張りの殺風景な地下道で、彼女が物心ついた頃からその印象は変わらない。地下鉄烏丸線と阪急電車が交差するところだから休日はたいてい混雑しているが、その日はとりわけ人が多く、浴衣姿も交じっていた。

祇園祭の宵山であった。

地下道を西へ歩くと、天井に反響していたざわめきが薄らいで、往来する人も少なくなる。彼女は突き当たりで左手の短い階段を上った。そこは産業会館ビルの地下にあたり、昔ながらの理髪店や奥行きの深い喫茶店、小さな旅行代理店がならんでいる。その喫茶店には子どもの頃から父や叔父に連れられて出入りしていたものだ。この地下街の薄暗くて淋しいような雰囲気は、当時から変わっていないように思われた。なんとなくその一角が懐かしく、仕事帰りにはわざわざそこを通ることもあった。ただし千鶴が帰宅する頃には喫茶店も閉まっていて、休日にたまに遊びに来る機会でもなければ、営業しているのを見ることはなかった。

理髪店と喫茶店の間を抜けた奥に公衆トイレがあって、ふと千鶴はその入り口あたりに浮かんでいる赤い風船に目を取られた。薄暗い地下道に華やかな赤の風船は異様な感じがして、何となく怖い気もした。

地下道を折れた先にある旅行代理店を訪れた。

同僚たちと旅行に出かける計画を立てていて、もろもろの手配をつい引き受けてしまったのだ。千鶴はあまり他人と旅行するのが好きではないし、そういった手配をするのも億劫だったが、ようやく職場に馴染んできたところで、あまり勝手なことも言えなかった。応対してくれた男性が親切だったので、話はとどこおりなく進んだ。出てきたときには重荷を片づけたようにせいせいした。

その後どうするか、決めていなかった。柳画廊を訪ねてもいい。洲崎バレエ教室に顔を出してみてもいい。

考えながら地下道を逆に辿っていくと、「千鶴さん?」と後ろから声をかけられた。

振り向くと柳さんが立っていた。

○

柳さんはまだ三十前ということだが、洗練された挙措と落ち着いてやわらかな言葉遣いは、三条高倉の画廊主という肩書きにふさわしかった。彼女は彼を見るたびに、「一国一城の主」という気がした。

柳画廊は叔父と長く付き合いのある画廊である。昨年の冬に叔父のアトリエを訪ねたときに一度顔を合わせ、その後も個展の招待状が来れば遊びに行った。絵を買ったことはないが、柳さんはいつも丁寧にもてなしてくれた。柳さんは芸大を出て東京の画廊に勤めていたが、父親が急病で倒れたので家業を継ぐために京都へ戻ったのだと聞いている。柳さんがどういう作品を作ってきたか、彼女は知らない。迂闊《うかつ》に見せてくれとも言えないのは、見せてもらったところで適切な意見を述べることができず、彼をがっかりさせるだろうと考えたからである。

「今、お忙しいですか?」

「いえ」と千鶴は言った。「ぶらぶら遊んでいるだけですから」

「では、珈琲でもいかがですか?」

柳さんは地下道に面した喫茶店を指して言った。

喫茶店に入ると、やわらかな音楽と珈琲の香りが彼らを包んだ。大きな楕円形のテーブルでジャージや背広姿の常連客が新聞や雑誌を読んでいる。帽子をかぶった老人が黙々と煙草を吸っている。四人組の老嬢の賑やかな笑い声がひときわ大きく響いていた。

彼らは地下道が見える窓際の席についた。

「この店、久しぶりです」と千鶴は言った。「昔、父や叔父と一緒に来てました」

「先生はお好きですね、ここが」

「特別な店じゃないんですけど。なんだか昭和の匂いがして」

「いや、いいところですよ。あまり凝った店だと、店の中にいても緊張してしまう。隠れ家には向きませんね」

「隠れ家?」

「僕だって一人で隠れたくなることがありますよ。母と二人暮らしだし、仕事場でも母といっしょですからね」

会話はとりとめもなかった。

千鶴が画廊を訪ねたときもたいていは同じで、他愛もない世間話の中に、叔父の絵のことや、先代の画廊主の風変わりな逸話がふわふわと散らばっていた。柳さんはそういった断片をつなげていくのが上手で、会話が途切れることはなく、かといって話の接《つ》ぎ穂《ほ》を闇雲に求めている印象もなかった。ただ流れていく感じだった。画廊を訪ねて柳さんと言葉を交わすたびに、彼女の心は落ち着いた。

喫茶店の壁には叔父の描いた小さな絵がかかっていた。

「千鶴さん、これから先生のところに寄られますか？」

「分かりません。寄ろうかと思っていたんですけれど、やはり今日は……」

「宵山だからですね？」

「……そうですね」

「だいたいのことは先代から聞いています」

「私も憶えているといっても、断片的なことなんです。昔はずいぶん怖ろしかったんですけど、やっぱり十五年も経つと……」

千鶴は一緒に松尾大社へ出かけたときの従妹《いとこ》の姿を思い起こそうとした。けれども、思い出せるのは生きてそこにいる従妹の姿ではなく、写真の中にある姿だった。彼女の生家のアルバムには、まるで人形のようにめかしこんで松尾大社の境内に立つ二人の写真があった。彼女たちはよく似ていた。父と叔父が示し合わせて、それぞれの娘を一緒に七五三詣に連れて行ったときに撮ったもので、同じ写真が叔父の家にもある。

「千鶴さん、これは私のお願いですが……先生を訪ねてあげてください」

「え？」

柳さんが言葉に詰まって、彼女から目をそらした。そういう仕草を見るのは初めてのことであった。何か気になることがあるらしい。

「……柳さん、どうかされましたか？」

千鶴は訊ねた。「叔父のことで、なにか？」

沈黙が下りた。

「見てください、ほら」

柳さんが言った。彼女は顔を上げた。柳さんは地下道に面した窓を指さしていた。目をやると、理髪店の硝子戸の前を赤い風船が漂っていた。

「あの風船」

柳さんは呟いた。

とたんに硝子窓の向こう側で、風船は音もなく割れた。

七月に入って間もない頃、千鶴は勤めを終えて歩いていた。ビル街の谷間から見上げた空は、濃い雨雲に覆われていた。午後いっぱい降り通しだった雨脚は弱まって、傘をさしても手ごたえがなく、雨は細かい飛沫《しぶき》となって傘の内へ入りこんできた。雨に濡れて輝く歩道をわずか数分歩くだけで汗ばむほどの蒸し暑さのせいもあって、夜の街が朦朧《もうろう》として見えた。

四条烏丸の西北角から、南へ横断歩道を渡った。

産業会館ビルの前に来て、いつものように地下に下りようとしたとき、ふいに鉦《かね》を交えた笛の音が聞こえてきた。彼女は思わず立ち止まり、あたりを見まわした。音は四条通を挟んで向かいに建つビルの二階から流れてくる。硝子の向こうで、函谷鉾《かんこぼこ》保存会の若い人たちが手に手に楽器を持って、祇園囃子の稽古をしているのだった。彼女は市バス乗り場でバスを待つ人々に交じってその様子を見上げ、やわらかな雨音に混じって街へ染み通る音色に耳を澄ませていた。蒸し暑さに滲んだ汗がこめかみを伝うのもそのままにしていた。

○

それ以来、彼女は帰り際に必ず市バス乗り場の前を通るようにした。その音色を聴くときに感じる淋しさが快いわけではなく、むしろ彼女は不安になるのだが、毎晩確認してみないではいられなかった。お囃子の稽古がない日はビルの二階は暗かった。そういう日は拍子抜けする一方で、聴かずにすんだことに安堵した。

　その日、柳さんと連れだって地上へ出てきたときには、市バス乗り場の向かいには「函谷鉾」が天を突くようにして聳えていた。柳さんのかたわらで聴く祇園囃子には何の不安も感じなかった。

　産業会館ビルの前には「祇園祭総合案内所」の看板が出て、山鉾の配置や明日の巡行ルートを印刷したパンフレットを配っている。彼女は一部受け取った。すでに日が傾いて、四条通も烏丸通も自動車の通行が止められ、大勢の人たちが道の真ん中を往来していた。警官の姿や、「一方通行にご協力ください」というプラカードを持つ人の姿が見えた。

　四条烏丸の交差点の中央に立つと、どちらを向いても人だった。誰もが思い思いの方角に歩くので、目が回るようだった。南北に走る烏丸通の両側には延々と露店がならんでいた。

「先生のことですが」と柳さんは言った。「差し出がましいことを言ってすいません」

「いえ。心配して頂いてありがとうございます。顔を出してみます」

「ありがとうございます。先生はきっと喜ばれます」

柳さんは交差点の中央で律儀に頭を下げた。別れ際、彼女はふと不安になって、柳さんを引き留めたくなった。人混みの中に一人で置き去りにされるような気がしたのだ。そのまま彼を引き留めて、叔父のところへいっしょに行ってくれるように頼みたくなった。

しかし、柳さんはめまぐるしい人の流れに消えてしまった。

「なんちゅうこっちゃ」

彼女は呟いた。「子どもじゃあるまいし」

ビル街の上にのぞく空は美しく晴れて、わずかに浮かぶ雲を黄金色の陽射しが照らしていた。ふだんは歩くはずがない烏丸通の中央を歩いていると、空へ吸いこまれそうな気がした。

蛸薬師通や六角通にさしかかるたびに彼女はのぞいてみたが、すでに路地の奥は大勢の見物客で埋まっている。粽を売る子どもたちの声がさかんに聞こえた。狭い街中の通りに比べれば烏丸通のほうが歩きやすいので、彼女は露店を眺めながら歩いていった。オフィスビルの前には見物客が思い思いに座りこんでいる。露店から流れ出す香ばしい匂いはビルの谷間で渦を巻き、その匂いに誘われた鳥たちが群れを成して飛び交っていた。彼女は露店でベビーカステラを買った。

叔父の家がある六角通を通り越して三条まで遠回りしたのは、やはり叔父を訪ねるのは気が進まないからだった。烏丸三条にある煉瓦造りの銀行の角を曲がり、洲崎バレエ教室の前まで行った。扉のわきにある深緑色の古風な電燈も、壁面に点々とある縦長の窓も、彼女が通った当時から変わっていない。この古いビルのロビーには叔父の描いた油絵が飾ってある。

立ち止まってビルを見上げていると、姉妹らしい小学生が玄関の扉を二人がかりで押し開け、こぼれ落ちるようにして三条通へ出てきた。二人とも同じようにひっつめた髪が艶々と光っていて、まるで転がる二粒のどんぐりのようだ。姉妹は笑いながら彼女のかたわらをすり抜けていった。まるでたがいを紐で結わえて引っぱり合うかのように、決して離れないで駆けていく姿が微笑ましかった。

私たちもあんな風だったのだ。

振り向いて姉妹を見やりながら彼女は思った。

○

近くの路地に山鉾が出ているせいもあり、ふだんはあまり人通りも多くない界隈が、嘘のように賑わっていた。千鶴は人混みをすり抜けて叔父の家に向かった。

叔父が暮らす一軒家は、もともと祖父母の住まいであって、線香の匂いが染みつくほど年季が入っていた。夫を亡くした祖母が桂の家に同居するようになって以来しばらく空き家だったが、離婚した叔父がアトリエ兼住居として使うようになってすでに十年が経つ。雑居ビルやマンションに取り囲まれて時代の流れから取り残されたようなその木造家屋が彼女は好きだった。陽あたりは悪いけれども裏にはきちんと庭もあり、祖父が植えたハナミズキがあった。繁華な街の中心にありながら、外へ通じるのは雑居ビルの隙間を抜けていく石畳の私道だけで、その「隠れ家」めいた印象が子どもの頃から不思議と好ましく感じられた。

私道の入り口には鉄格子の門があって、「河野啓一」と書かれた郵便受けがある。鉄格子を押し開けて、昼でも薄暗い石畳の道をすり抜けるように歩いていくと、喧噪がすぐに遠ざかった。見上げると、雑居ビルに切り取られた縦長の空が見えた。

軒下には防火用の赤バケツが置いてあり、格子戸は閉まっている。

彼女が手をかけようとしたとたん、いきなり戸が引き開けられ、叔父が顔を覗かせた。彼女は息を呑み、間をおいてやっと「驚かさないで！」と怒った。

「いや、すまん」

叔父は呟いた。「もう来る頃だろうと思って」

なぜ自分が今日来ることを知っていたのだろうと怪訝《けげん》に思ったが、むしろ叔父の風貌に注意を引かれた。「おじさん、どうしたの？」

「なにが」

「ひどい顔。急に老けちゃったみたい」

「おまえは最近それればかりだな」

「嘘。こんなこと言うの、初めてよ」

「そうだったかな？　まあ、お上がり」

叔父は弱々しい笑みを浮かべて、彼女に背を向けた。

すえた臭いのする玄関に入り、先に立つ叔父の背を見た。その首筋の肌は、亡くなる前の祖父のそれを思わせた。先日訪ねてから、まだ一ヶ月ほどしか経っていないのに、白髪も急に増えたようであったし、受け答えもボンヤリしている。彼女は不安になった。

二階へ続く階段のわきに廊下が続いている。叔父は廊下を歩いて、六畳の居間に入った。彼女は「お茶淹《い》れるわ」と廊下の奥にある台所へ向かおうとしたが、叔父は「支度しといた」と畳に座りながら言った。立ち止まって座敷をのぞくと、盆に急須と湯呑みが用意されてあり、ポットには湯が沸いていた。

「叔父さん、千里眼？」

「こっちへ来て、お座り。ベビーカステラを食べよう」

彼女は袋を振ってみせた。「あ、匂いで分かる？」

「まあ、そんなもんだ」

居間は冷房も入っていないのに涼しかった。障子を開け放っているので、狭い縁側の向こうにある庭が見えている。二人は庭を眺めながら茶を飲み、ベビーカステラを食べた。

「さっき柳君と会ったろう?」

「あ、電話あった?」

叔父は千鶴の質問には答えず、「柳君はいい男だ」と言った。「父親もいい男だったが、息子もえらい。世話になってる」

「ときどき画廊にも行ってるよ。招待状を送ってくださるから」

「親切な男だ」

「それ、万華鏡?」

彼女は叔父が手にしている黒い小さな筒を指さした。

「うん。そこの露店でね」

「きれいね。見せて」

叔父は首を振って、万華鏡を握りしめた。「だめだ」

「意地悪」

「ちいちゃんはすぐに物を壊す」

叔父と話をすると、あとでドッと疲れた。

相手は千鶴が赤ん坊の頃から知っているのだから、弱みを握られている。叔父も歳をとったから、茶飲み話は共通の話題を求めて過去へさかのぼる。己の記憶にないような悪行を蒸し返されて丸めこまれることもある。叔父はまだ「ちぃちゃん」を子どもだと思っている。二十代の姪《めい》を相手にしても、叔父は心のどこかで自分を七歳の女の子として見ているのではないか。そう考えるとき、七歳の姿のまま写真の中にとどまっている従妹が、自分の服の袖をしっかりと摑んでいるように思われた。

かつて、叔父との会話に従妹が出てくることはほとんどなかった。その時期、彼らはうまく喋ることができなかった。叔父と彼女の共有する思い出には、つねに従妹の姿があり、それを避けようとすれば何一つ喋ることができなかったのだ。ようやく従妹の話ができるようになっても昔話は在りし日の従妹の思い出を、肝心の箇所を避けて堂々巡りした。宵山の出来事にふれないかぎり、彼らは喋ることができた。

しかし宵山の夜に従妹の話をするのは避けたかった。

「仕事はどう？」

「まあ、さんざん描いたからな」

叔父は微笑んだ。「もうたくさん」

「そんな淋しいこと言わないの。じいさまじゃあるまいし」

「じいさまさ。俺はもう、じいさま」

「それ聞いたら、母さん泣くよ」

「俺がじいさまになったら、姉さんはばあさまだからな。泣いても無理ない」

「そういうことじゃなくって」

叔父はベビーカステラをつまんでもぐもぐと口を動かした。ゆっくりと首をまわして庭を見た。そういう仕草をすると叔父はますます年寄りめいて見えるので、千鶴は哀しく思った。

日中でさえわずかに陽が射すだけの庭なので、日が傾いた今はすでに暗い。この一軒家のまわりに縦横に走る路地には宵山の賑わいが染みているというのに、喧噪も提灯の明かりもこの座敷へは届かなかった。縁側から漂ってくる蚊取り線香の匂いをかぎながら、彼女は耳を澄ました。先ほど自分がくぐりぬけてきた宵山の賑わいが幻であったかのように思われた。

「嘘みたい」

「なんで」

「こんなに静かで。今日は宵山なのに」

「まあ、ここはいつも静かだ」

そう呟いて叔父はぼんやりとしている。

「ねえ、叔父さん。大丈夫？」と千鶴は言ってみた。

「なにが？」

「なんだか具合が悪そうに見えるよ。柳さんも心配してたし」

叔父は彼女の顔を見つめた。「どうせおまえは信じないだろうしね」と呟いた。

「なにを？」

「でも、話そうか」

「話して」

「柳君がね、あれは親切な男だから。おまえに話しておけというんだ」

「なによ、叔父さん。怖がらせるのはやめ」

「怖がらせるつもりはない。簡単なことだ」

叔父は謎めいたことを言った。「明日からはもう、会えなくなる」

その落ち着いた口調が、いっそう彼女を怖がらせた。自分で問いつめておきながら、
叔父の口をふさぎたいような気がした。

「何言ってるの」

無理に笑おうとする彼女に、叔父は万華鏡を差し出して見せた。

それは漆塗りの珍しい物で、彼女が子どもの頃に遊んだものとは様子がちがっていた。小さな金魚が数匹、表面を漂うように精巧に描かれていた。

〇

鏡を組み合わせて仕こんだ筒の中に、色紙や硝子の小片を入れる。筒の片方から覗きながら回転させると、さまざまな図形が筒の奥で回転しながら生まれては消える。これが万華鏡という玩具であり、明治期には百色眼鏡や錦眼鏡とも呼ばれた。

叔父が万華鏡に興味を持つようになったのは、半年前の冬だった。

柳さんは新作の進み具合を見るために、必ず手土産を持って叔父のアトリエを訪ねていた。叔父の健康に気を遣って食べ物を持ってくることもあれば、話の種に古道具屋で買った珍品や、画廊を貸した若い作家の作品を持参することもあった。「うちに出入りする骨董屋のようだ」と叔父は笑ったことがある。

その日、しばらく世間話をしたあと、柳さんは万華鏡を取り出した。

「懐かしいものを持ってるね」

「先日、父の遺品を整理したのですが、そのときに見つけまして。なかなか面白いなと思ったものですから」

「見せてごらん」

　たしかに万華鏡というのは魅惑的な玩具だった。なめらかに生まれては消える図形を注意して眺めていると、同じ形のものは二度と現れない。池の水面に生まれる波のようなものだった。叔父は魅入られたように覗いていた。「面白いもんだな。子どもの頃はなんとも思わなかった」

「よろしければ差し上げます」

「いいの？」

「どうせ処分しようと思っていたものですから」

「それならもらうよ」

　わずかな陽射しを求めて縁側に寄り、そろって万華鏡を覗きながら感嘆しているところへ入ってきたのが千鶴だった。縁側で二人の男がうなだれているのを見て、彼女は「どうしたの？」と声を上げた。「ああ、ちいちゃん」と叔父は振り返って呟いた。柳さんはソッと万華鏡を置き、居住まいを正して頭を下げた。一心に万華鏡を覗いていた男たちが打ってかわって真面目な顔をするのを見て、彼女の顔に微笑が浮かんだ。

　叔父は真面目な顔をしたままで「こちら、画廊の柳君だよ」と言った。「姪の千鶴だ」

「叔父がお世話になっております。千鶴と申します」

「柳です。こちらこそ、先生にはお世話になっております」

その冬以降、叔父は万華鏡について調べるようになり、自分の絵にも取り入れた。叔父が特に面白く思ったのは、テレイドスコープと言われるものだ。覗き穴の反対側に小さな硝子玉が塡めこまれていて、遠眼鏡のような形をしている。筒の向こうに見える現実の映像が、つぎつぎと変形しながら回転していくのである。

やがて七月になった。

秋に柳画廊で個展を開くことになっているので、叔父はその準備に没頭していた。いったん集中し始めると、何日も家から出ないということがある。しばらく家に籠もって仕事をし、久しぶりに外へ出てみると、街が賑わっていた。室町通の角を曲がると「鯉山」が聳えているのが目に飛びこんできた。駒形提灯の明かりが行き交う人々の顔を照らしだしている。

宵山の夜だった。

歩きながら、叔父は十五年前の宵山の出来事を繰り返し辿っていた。悲しみはそのまま胸のうちにあったけれども、今はそれを表に出すことはなくなっていた。街で行き過ぎる人たちは、浴衣姿で歩く彼のことを気楽な見物客としか思わなかったろう。病で咳《せ》きこみ続けると、やがて咳きこむ力さえなくなってしまう。しかし病は癒えたわけではない。

叔父は燦然と輝く山鉾を幾つも通り過ぎて、やがて煙草屋の角で足を休めた。灰皿があったので煙草を吸った。煙草屋の角から西へ延びる細い路地は、街に蔓延した宵山の喧噪がようやく尽きるところらしく、ふと人恋しくなるような淋しさが漂っていた。

人通りもまばらなのに、露店が一つだけ出ていて、その店頭に積まれた古道具に気を惹かれた。裸電球に惑わされたのか、売り台にならんだ道具たちがやけに魅惑的に見えたのだ。気むずかしい顔をした老人が、古道具の奥で急須に湯を注いでいた。

叔父は売り台を見渡した。

殺風景な木の台の上には、色とりどりの万華鏡が並んでいた。

手に取って覗いてみると、売り台にならんだ道具たちが橙色の光に包まれたまま、ぶつぶつと増殖して回転した。そのとき叔父が考えたのは、この万華鏡で宵山の景色を覗いてみたらどういう風に見えるだろうということだった。露店とはいえ決して安くはなかったが、叔父はその万華鏡を値切ることもなく買った。

賑わう街中を引き返しながら、あちこちで足を止め、万華鏡を覗いた。どうせ浮かれた観光客や酔漢ばかりだから、子どもっぽい遊びを恥ずかしく思うこともない。

山鉾の明かりや、路地に立ち上る露店の明かり、街の灯が、万華鏡の中でなめらかに回転して形を変え、叔父を幻惑した。道行く人々の上気した顔が無数に分裂しては消えていく。手を取り合う若い男女の姿があり、交通整理をする警察官の姿があり、自分と同じような浴衣姿の中年男の姿があった。子どもを連れた父親や母親の姿があった。赤い浴衣を着て、暗い水路を漂う金魚のように、雑踏をすり抜けていく女の子の姿があった。つぎつぎと回転しながら変形する景色の中に、白い陶器のような女の子の顔が浮かび上がった。

その顔が万華鏡の中いっぱいに分裂し、回転しながら妖艶と言っていい微笑みを浮かべたとき、叔父は息をするのを忘れた。万華鏡から目を離した。かたわらを軽やかに行き過ぎる赤い影を捕らえようと手を伸ばした。手はむなしく宙を摑んだ。

娘の京子にちがいなかった。

振り返ると、すでに彼女は人の群れに消えようとしていた。

◯

「追いつけなかった」

叔父は言った。

その夜、叔父は夜更けまで娘を捜し、疲労困憊して自宅へ戻った。万華鏡を握りしめたまま、万年床に倒れて眠ってしまった。

気がつくと夜が明けていたが、長い悪夢を見ていたようで寝床から這い出す元気もなかった。ずっと握りしめていたらしい万華鏡を見つめながら、叔父は寝床で過ごした。十五年も経ったのに、娘が同じ姿で現れることなどあるわけがない。そう考えると、あんな妄想を見てしまったことがつらくてならず、いっそ宵山の痕跡がなくなるまで籠もっている方がいいと思った。

そのまま、また一晩を明かして、次の日の夕暮れ、ようやく石畳の路地を通って街に出た叔父を迎えたのは弾けるような宵山の賑わいだった。

「それ以来、俺は毎日宵山に出かけてる」

叔父は言った。「目が覚めると、宵山の日の朝だ。やがて夜が来る。俺は街に出る。万華鏡を覗く。京子を見つける。手を伸ばす。あの子は逃げる。何遍繰り返したか、分からない」

「待って、叔父さん。落ち着いて」

「落ち着いている」

「ぜんぜん分からない」

「俺には分かるよ。あの子はずっと宵山にいたんだ。だから俺もずっと宵山にいる」

庭はいっそう暗くなってきた。せめてもう少し賑やかであればと千鶴は思ったが、ここで祇園囃子が聞こえてくるのは怖かった。

「じゃあ、叔父さんは同じ一日を繰り返しているの？」

「だからこんなに歳を取ったんだな。白髪も増えた」

「信じられない」

「俺はこの一日から出ることはないから、ちゃんと話しておこうと思ったんだ。おまえには明日が来るが、俺には明日が来ない。俺はあの子と一緒に宵山にとどまるんだ。それでいいと思っている」

「叔父さんの妄想だわ」

母に電話しなければ、と彼女は思った。

「姉さんに電話するつもりだろ？」と叔父は言った。「前回おまえが来たときは、姉さんに電話していた。姉さんはおまえに『何時に帰るの？』と言う」

「母さんはいつもそうよ」

「餃子を作ってる。電話してみればいい」

彼女は鞄から携帯電話を取り出した。

叔父は庭の暗がりを眺めた。「なあ、ちいちゃん」と言った。「俺は京子を見つけたよ。だから、ちいちゃんも負い目を感じるようなことは、もう、いいんだ」

彼女は「やめてよ」と乱暴に言って立ち上がった。

「明日になれば、ちいちゃんにも分かる」

彼女は座敷に叔父を残して廊下へ出た。台所へ行き、急いで母に電話をかけた。叔父の言った通り、母は「千鶴？　何時に帰るの？」と暢気な声で言った。

「母さん。急いで来て」

「なによう、いきなり。今、餃子作ってるんだけど」

「叔父さんの様子が変なの」

母の声が変わった。「病気？」

「ううん。そういうんじゃないんだけど、ちょっと言うことがおかしくて」

彼女の口調から、母は冗談ではないことを察したらしかった。「すぐ行くから」と言った。「おまえ、一人で大丈夫？　柳さんに電話しなさい。あの人なら来てくれると思うから」

彼女はすぐに柳画廊に電話をかけたが、誰も出ない。

空しく鳴り続ける音を聞きながら、彼女は十五年前の宵山のことを思い出していた。

従妹は、十五年前の宵山の日、姿を消した。あれだけの雑踏だから、迷子になることもある。しかし、夜が白んでも、翌日になっても、翌年になっても、十五年経っても、従妹が戻らないとは、その夜誰も思わなかった。叔父夫婦も祖父母もそして彼女の家族も、それから何年もの間、従妹を捜した。失踪届を出し、目撃者を募って手がかりを得ようとしたが、一切はむなしかった。

彼女は、従妹の生きている姿を思い描くことができなかった。

ただ写真の中で微笑む従妹の姿だけが浮かんだ。

あの長い夜。

従妹を捜しに出たきり、叔父と叔母はなかなか戻ってこなかった。蒼い顔をして黙りこむ祖母の姿が脳裏に浮かぶ。宵山の雑踏から戻ってきても、すぐに「もう一回りしてくる」と玄関を出て行く祖父の背中。廊下の奥で背を曲げて電話をする父の姿。彼女を迎えに来た母の心配そうな顔。母に手を引かれて暗く細い路地を伝って出ていった瞬間、幼い自分を包んだ宵山の賑わい。従妹を隠してしまった宵山の光。

彼女は携帯電話を握ったまま、しばらく身動きがとれなかった。

◯

すっかり日が暮れて暗くなった座敷に戻ると、叔父の姿がなかった。

千鶴は携帯電話をしまい、廊下へ出た。「叔父さん！」と叫んだが、返答はなかった。

二階にいるのかと思って耳を澄ませてみたが、家の中には何の物音もしなかった。

玄関に行ってみると、叔父の靴がなくなっていた。

彼女は急いで靴を履き、格子戸を開けた。

石畳を駆け出したとたんに靴が脱げ、舌打ちをして履き直しながら見上げた空はすっかり暮れていた。軒先にある小さな丸い電燈を残して、叔父の家は闇に沈んでいる。彼女は石畳の路地を抜けた。

鉄格子の門を開いて表へ出ると、波が押し寄せるように、宵山の喧噪と明かりが彼女を包んだ。息が詰まるような気がした。

彼女は大きく息を吸いこみ、叔父の姿を求めて、路地を歩いた。

人と露店で充満した狭い路地は蒸し暑く、すぐに服が汗で濡れた。黒々とうごめく見物人たちの人いきれ、聳える山鉾の明かり、露店から漂ってくる食べ物の匂いが、つぎつぎと押し寄せてきた。こづき回されるような気がして憎々しかった。往来する人を突き飛ばすようにして行く彼女は罵声を浴びた。しかし叔父の姿は見えなかった。

叔父は妄想にとらわれているのだ、と千鶴は考えようとした。従妹の失踪は彼女にとってもつらくてたまらないことだったが、娘を見失った叔父のつらさを想像することはできなかった。「咳きこみ続けると、やがて咳きこむ力さえなくなってしまう」という、かつて叔父が漏らした言葉を彼女は思い起こしてみた。

「叔父さん、叔父さん」

彼女は立ち止まった。

道行く人が怪訝な顔をして、彼女を避けて歩いていく。立ち止まって息をしていると、自分が宵山の中にいるのがふいに怖くなり、立っているのもつらくなった。目前の景色が現実感のない幻のように感じられ、かすかに波打つように見えた。

「だめだ、貧血だ」

額を押さえ、路地の脇に寄った。

「ちいちゃん」と遠くから声をかけられて顔を上げると、叔父が路地の向こうに立っていた。ぼんやりと自分を見つめている叔父の顔を見ると、哀しいような腹立たしいような気がした。

「叔父さん！」と彼女は叫んだ。「心配したのよ」

「心配することはない」

「一緒に帰りましょう。もうすぐ母さんが来るし、私、晩ご飯作ってあげる」

叔父は答えず、雑踏の奥を見やった。

「来たよ」と言った。

彼女のかたわらを赤いものが軽やかに駆け抜けた。それは浴衣を着た女の子たちで、ひらひらと舞う袖が金魚の鰭のようだった。狭い路地はごった返しているはずなのに、女の子たちは水の流れに乗るようにして、すいすいと駆けた。最後の一人が駆け抜けるとき、千鶴は手を伸ばして、赤い袖を摑もうとした。思わず「京ちゃん」と呟いていた。

相手が振り返って、くすくすと笑った。「ちいちゃん」と言った。「行かないの？」

「……私は行かない」

あの宵山の夜と同じように、千鶴は返事をしていた。

あの宵山の出来事がよみがえった。

彼女と従妹は手をつないで歩いていた。叔父や父たちとはぐれたとき、彼女らは二人だった。

軒先で途方に暮れているところに、同い歳ぐらいの女の子たちが声を掛けてきた。従妹は彼女とちがって人見知りしない子どもで、誰とでも打ち解けることができた。すぐにその女の子たちとも言葉を交わし、何かを一緒に見に行く約束をしたようだった。

「ちいちゃんも行こ」と従妹は彼女に笑いかけた。彼女はなぜ従妹がそんな見知らぬ子どもたちと一緒に行きたがるのか分からなかった。早く父や叔父の待つところへ戻りたかったのだ。けれども、従妹は「私は自分で帰れるもん」と自信満々だった。「じゃあ、ちいちゃんはここで待ってればいい」と言った。彼女の方は、身勝手すぎる従妹に腹を立てていた。勝手にしろと思ったはずだ。お父さんや叔父さんを心配させて、うんと叱られればいいと思ったはずだ。

「私は行かない」と彼女は冷たく言った。

従妹は頬を膨らませた。「じゃあ私、行く」

そして従妹は女の子たちと一緒に駆けていった。人混みに消えていく従妹の姿がとても軽やかで、まるで踊りながら駆けていくようだったことを思い出した。

あの日と同じように、今彼女の目前に立った従妹は頰を膨らませた。

「じゃあ私、行く」

身を翻す従妹を見て、彼女は叫んだ。「ダメよ！　待って！」

従妹が向かう先には叔父が立っていた。叔父の背後には鯉山の駒形提灯の明かりが路地をふさぐように聳えていた。

「叔父さんお願い！　つかまえて！」

叔父は駆けてくる従妹を迎えるように右手を差しだした。

しかし、叔父の手は従妹を引きとめなかった。彼は娘をつかまえようとしたのではなく、ただその赤い浴衣に軽く触れたにすぎない。手を差しだす父親の姿に気づかず、従妹はそのまま行き過ぎるかに見えた。

鉾の明かりの中で従妹は、いったん立ち止まり、叔父を振り返った。あの頃から長く伸ばしていた髪が、同じように肩で揺れた。しばし叔父と視線を交わしてから、従妹はふたたび軽やかに走り出した。

それを見送った叔父は、千鶴を振り返った。哀しげな顔ではなかった。叔父は小さく手を振り、娘を追って宵山の明かりの向こうに消えた。

叔父のあとに続こうとして体勢を崩し、よろめく彼女を、駆けてきた男が支えてくれた。しかし彼女は男の手をふりほどいて逃れようとしていた。叔父も女の子たちも、すでに行き交う人の群れに紛れこんでしまっている。必死で前へ進もうともがいているうちに、駒形提灯の明かりが涙で崩れた。

男が「千鶴さん、落ち着いて」と耳元で言った。「追ってはいけません」

彼女は柳さんに抱かれたまま、従妹と叔父の消えた宵山の奥を見つめていた。呼吸が乱れて苦しかった。また目が回るような気がした。蒼ざめた顔で息を吸おうとする彼女を見て、柳さんが「ゆっくりです、ゆっくり」と言った。彼女はまぶたを閉じて宵山の明かりを頭から追い出し、彼の声だけに心を澄ませた。

ようやく呼吸が落ち着いてきても、彼女は目を開ける気になれなかった。宵山の底を流れる無数の人々の熱気とざわめきが彼女を包んでいた。

彼女は柳さんに支えられたまま、ようやく呟いた。「きっと信じてもらえません」

「信じますよ」

柳さんは静かに言った。「信じます」

宵山迷宮

その朝、いつも通り七時半に寝床から起き出していくと、母の姿が見えなかった。

夏でも涼しい食堂には味噌汁の匂いが漂っていて、テレビは朝のニュースを映していた。中庭に面した硝子戸を覗いて妙に思った。百日紅《さるすべり》の向こうに蔵があり、漆喰の壁に朝の陽射しがあたって明るい。その扉が半開きになっていた。硝子戸を開けて「母さん」と声を掛けてみると、蔵の奥から返事が聞こえた。何をしているのだろうと思った。

私は洗面所へ行った。朝食の前に塩水でうがいをするのは、父から受け継いだ習慣である。小窓から射す明かりに、母の歯ブラシの赤い柄が鮮やかに光っている。やがて裏口の戸を開く音が聞こえ、ぱたぱたというスリッパの音が近づいてきた。「もうこんな時間」と言いながら、母が背後を通り過ぎた。

食堂へ戻ると、母が台所に立っていた。

「朝から、蔵に何の用なの？」

「昨日、杵塚商会からお電話があったから。もう一度探してみようと思って」

「あそこもしつこいね」

「そうだけど、でも、私も気になるし」

「法事もあるし、うちも忙しいんだから、諦めてくれって電話したほうがいいな」

母は食卓につき、「そうね」と呟いた。「やっぱり、そのほうがいいね」

私はテレビを眺めた。「今日は宵山だよ」

「え、なあに？」

「今日は宵山」

「そうね」と母は呟いた。「そうねえ」

朝食後、私は母と揃って家を出た。

相国寺《しょうこくじ》の長い塀を伝って歩き、東門から入って境内を抜けるのが日課である。

境内の夏木立が青々としているのを見て、前日の雨を思い出した。画廊を出たのは夕暮れの七時頃だったが、烏丸通には露店が並んで輝いていた。雨ということもあって人出は少ない方だったろうが、それでも狭い路地に色とりどりの傘が折り重なるようにしていた。

「今日は晴れたし、人出もすごいだろうな」

「そうねえ」

今出川駅から地下鉄烏丸線に乗る。「柳画廊」は三条通から高倉通を下った雑居ビルの一階にあり、烏丸御池駅から歩いて五分ほどである。もともと柳画廊は父と母の二人でやっていたものだが、父が亡くなったあと、東京の画廊に勤めていた私が戻ってきて、運営に加わった。そこに芸大の学生アルバイトが入る。

母と事務所のテーブルについて、仕事の打ち合わせをした。画廊に入ったとたん、母の顔つきと口調が変わる。展覧会の案内状やカタログ作り、作家への支払いや顧客への納品など、片づけるべき仕事はさまざまあった。

「河野先生から展覧会の原案が来てないですね」

母が眉をひそめた。「お仕事の進み具合はどうでしょう?」

「今日の午後、会いに行ってみます」

「それじゃ、お願いしますね」

○

その日の昼下がり、私は画廊を母にまかせ、河野画伯のアトリエを訪ねることにした。三条通を歩いて烏丸のオフィス街へ出た。交通規制が始まるまでにはまだ間があるが、すでに大勢の見物客が街を歩いている。冷房の効いた画廊から出て街を歩くと、たちまち額に汗が浮かんだ。室町通を折れて狭い路地に入っていく。人の数はいよいよ多くなった。私はふと足を止め、駒形提灯のぶらさげられた「黒主山」を見上げた。

河野画伯は一人暮らしである。了頓図子町《りょうとんずしちょう》の雑居ビルやマンションに囲まれた古い一軒家をアトリエ兼住居にしている。ほんの一年前までは父が足繁く通っていたが、今では父の代わりに私が出入りしている。雑居ビルと喫茶店に挟まれた細い石畳の路地の奥にあって、昼日中でもひっそりとしている。門扉《もんぴ》を開けて路地に滑り込むと、まるで水に潜っていくように喧噪が遠のいた。

インターホンを鳴らしてから、引き戸を開けた。古い木の香りがした。

「柳です」

画伯が眠そうな顔を覗かせた。「ああ、柳君。上がりなさい」

いつも画伯と打ち合わせをするのは、庭に面した小さな座敷である。ビルの谷間にあるので陽は射しにくい。薄い明かりに照らされる画伯の顔はまるで地下室に暮らす人間のように不健康に見えた。私は風呂敷包みを解いて、炭酸煎餅を取り出した。画伯は包み紙を見て、「有馬かい」と呟いた。

「母が友人たちと一緒に出かけまして」

「お元気なのはよいことだ。それでいいんだ」

「おかげさまで」

やがて世間話から仕事のことにうつった。画廊の展覧会が秋にひかえている。しかし、画伯は曖昧《あいまい》に相づちを打つばかりで、はかばかしい返事をしなかった。どこか上の空で、翳《かげ》っていく庭のほうへ耳を澄ませているらしい。やがて私は今日が宵山であったことに思い至り、背中に冷や汗が噴き出すような気がした。和箪笥の上に置かれた画伯の娘さんの写真を見た。和服を着た小さな女の子が二人で映っている。片方は姪御さんである。

画伯の一人娘が失踪したのは十五年前の宵山の夜である。その話は父から幾度も聞いていた。「河野さんがあの家を引き継いだのは、娘さんの帰りを待つためだ」と父は言っていた。「まるで十五年前から時間の止まったような家だ」

あれほど父に言われていたのに、なぜ忘れてしまったのか。

私は曖昧に言葉を濁して、仕事の話を切り上げた。

画伯は淋しい庭に目をやりながら、「宵山か」と呟いた。「お父さんが亡くなってから、もうすぐ一年になるね」

「ええ」

「宵山の夜、というのは落ち着かないものだね。私にとっても、君にとっても」

「申し訳ございません。こんな日に」

「いや」と画伯は手を振った。「そんなことは、いいんだ。こちらこそ身が入らなくて

い」

画伯は静かな目で私を見つめた。「疲れているようだよ。君も少し休んだほうがい

「この一年、君もいろいろと大変だったろう」

「また日をあらためて伺います」

申し訳ない」

〇

石畳の路地を抜けて街へ出ると、往来はますます賑やかさを増している。ふと現実感が失われて、目前の景色が平板に見える。たしかに画伯の言う通り、自分では気づかないうちに疲れているのかもしれない。父が亡くなって一年、ただひたすらに慌ただしかった。

六角通を歩きだしてすぐ、並びにある「杵塚商会」の看板が目に入った。語学教室や不動産屋の事務所が入っている雑居ビルの一階にある。父の時代から付き合いのある古道具屋だが、このところしつこく電話を掛けてくるのが悩みの種だった。立ち寄って文句を言おうかと思ったが、休みの札が出ていた。表の硝子戸は締め切ってあり、店内は明かりを落として薄暗かった。古びた段ボールが人の背丈ほども積み重なっていて、外

から覗いただけでは何の商売をしているのか見当がつかない。昔から妙な店で、店主の杵塚という男も得体の知れない男だ。

室町通まで出て、四条通の方へ歩いていった。

「鯉山」を通り過ぎたところで、頭上から呼びかけられた。見上げると、通りに面したマンションの三階のベランダから中年の男女が身を乗り出している。画廊に幾度か訪ねてきたことのある夫婦だった。

夫が麦酒の缶を振って、「一杯どうです？」と言った。

私は笑って手を振り、「仕事中ですから」と言った。

奥さんが「おつかれさまです」と言った。

室町通には、三条から四条まで、黒主山、鯉山、山伏山《やまぶしやま》、菊水鉾《きくすいぼこ》が町ごとに並んでいる。夕暮れどきになれば、煌《きら》びやかに輝く駒形提灯の明かりが連なることになる。「仕事が終わったら、少し眺めて帰るのもいいな」と思った。

四条通に出て、産業会館ビルの地下にある喫茶店に入った。

鞄から書類とペンを取り出して、展覧会の企画について考えをまとめるつもりだった。地下通路に面した席についてテーブルに向かっていると、視界の隅に鮮やかな赤がちらついた。通路の向こう側にある理髪店の前に、赤い風船が漂っている。まるで地上の宵山の切れ端が地下に漂っているようだと思った。

そんなことを考えてぼんやりしていると、硝子窓の向こうを女性が通り過ぎた。彼女は一瞬足を止めて、風船に目をやった。横顔に微笑みが浮かぶのが見えて、はっと胸をつかれるような気がした。河野画伯の姪、千鶴さんだった。

彼女と知り合ったのは昨年の冬のことで、たまたま手に入れた万華鏡を画伯のところへ持っていったときのことである。男二人で縁側の明かりを頼りに万華鏡を覗いているところを見られて、気恥ずかしかったことを憶えている。以来、彼女は幾度か画廊にも遊びに来てくれた。

私は千鶴さんが地下通路を歩み去るのを見送った。

テーブルの上の仕事に戻ったが、あまり進まない。他の客の話し声ばかりが耳につく。いいかげんなところで切り上げて、珈琲を飲みながらぼんやりした。

「お父さんが亡くなってから、もうすぐ一年になるね」

河野画伯の言葉が頭に響いた。

父は一年前の宵山の夕刻、鞍馬の山道で倒れているところを見つかった。もし山歩きの学生が見つけなかったら、父は人知れず死んでいたろう。不審な外傷はなかった。私が東京から京都に戻ったとき、父は昏々《こんこん》と眠っていた。脳溢血《のういっけつ》と言われ、そのまま意識は戻らず、一週間後に世を去った。あまりにもあっけなかった。

父の死因について疑問の余地はないが、ただ一つ不思議なことは、父がなぜ鞍馬に出かけたのかということだった。

その日の朝、父はひどく疲れた様子だったので、母は仕事を休むように勧めた。父は素直に頷き寝室で横になっていたという。それなのに、なぜわざわざ鞍馬へ出かけていったのだろう。親しい陶芸家が住んでいたが、そちらを訪ねたわけでもないという。この一年、幾度も考えてみたが、けっきょくは父の気まぐれと考えるほかなかった。半日寝ているうちに気分が楽になり、ふいに遊び心が起こったのかもしれない。

それにしても、街が宵山で賑わう夜に、なぜ父は暮れかかる鞍馬の山中で一人倒れなければならなかったのだろう。無意味なことだと分かっていても、その明るさと暗さの取り合わせがひどく淋しく思われる。

私は硝子窓の外を眺めた。

とたん、地下通路に漂っていた赤い風船が音もなく割れた。

○

画廊へ帰ると、母が休憩して紅茶を飲んでいた。「千鶴さんがいらっしゃいましたよ」と言った。私が四条の地下通路で見かけたあと、彼女は画廊に立ち寄ったらしい。

夕方までは画廊で仕事をした。母は頭痛がするというので早めに帰った。

商会の男が訪ねてきたのは、母が画廊を出てすぐのことである。

私はてっきり母が忘れ物を取りに戻ったのだと思った。それっきり何の物音もしないので怪訝に思い、事務室から展示室へ出て行くと、私と同い歳ぐらいの若い男が立っていた。微笑みながら絵を眺めていた。

「いらっしゃいませ」

私が声を掛けると、相手は振り返った。「柳さんですね？」と人なつこい顔で笑った。

「そうですが」

「杵塚商会の乙川と申します」

その名を聞いた私が渋い顔をするよりも前に、乙川は「本当にしつこくお伺いして恐縮ですが――」と先手を打った。「我々としても、どうしても諦めきれないんですね」

「いや、杵塚さんに連絡しようと思っていたところでしたから、ちょうどよかった。杵塚さんはどうされたんですか？」

「杵塚は別件で出張中なんです。それで私が派遣されてきたというわけで」

私は乙川に椅子をすすめ、紅茶を注いだ。彼はうまそうに紅茶をすすった。「交通規制、始まりましたね」と言った。「通りに露店がずらりと並んで壮観ですねえ」

「宵山ですからね」

「そうなんです。宵山なんですよね」

男はひとりで頷いている。「いや、これはやはり独特ですよね」

「そんなことより、あの、例のお話ですが」

「はいはい」

「昨年の秋でしたか、杵塚さんが見えたとき、蔵はご覧になったはずですよ。処分できるものはお引き取り頂いたはずだし、もう本当に、がらくたしか残っていないんですよ」

「いえいえ。そんなことはないのです」

男はにこにこと笑っているが、目は真剣であった。

私は苛立った。「なぜうちにあると思うんですか?」

「ほかに考えられないからですね。お父様がお持ちであったことはたしかです。そしてその後、おうちの外へ出ていないこともたしかです。そうなれば、ね」

「たしか、水晶玉でしょう?」

「そうですそうです」

男は楽しそうにくつくつと笑い、両手で小さく空気を掴むようにした。「こんなやつ」

「見当たりませんけどね」

「ええ。ですからね、もう一度、よく探して頂いて——」

「しかし、うちもいろいろと取り込んでましてね。父の法事も近いですし」

「それはけっこうです。べつにお急ぎにならなくてもいいんです。根気よく探してもらえばね。明日でも明後日でも明々後日でも。杵塚はいつまででも待つと申しておりますから。ごゆっくりと、どうぞ」

そう言い切って、乙川は澄ましている。両手を膝にのせてちょこんと座っている乙川を見ると、きっぱり断って追い払おうという意気が挫《くじ》けた。

「分かりましたよ」

私は溜息をついた。「いずれ探してみますよ」

「くれぐれも宜《よろ》しくお願い致します。本当に、すいません」

乙川は頭を下げて出て行った。

しばらく画廊の椅子に腰掛けたまま、ぼんやりとした。ひどく不愉快な気がしたのは、杵塚商会の要求をはっきりとはねつけられなかったせいでもあり、また乙川という男の摑み所のなさのためでもある。いったん立ち去ってしまうと、乙川の人なつこい印象は薄れ、異様に食い下がる薄気味悪さばかりが残った。

それにしても、杵塚商会はなぜそんなにも父の遺品を欲しがるのだろう。

私は残りの片づけを済ませ、画廊を閉めた。

嫌な気分を振り払うために、街を散歩した。

宵山を歩くのは久しぶりのことだった。父は宵山に倒れたのだから、昨年京都に戻ってきたとき、すでに宵山は終わっていた。東京で暮らしていた頃には、観光客で混み合う宵山の時期を選んでわざわざ京都へ帰る理由もなかった。なにより、京都はもうたくさんだと思っていたのである。

三条通を折れて烏丸通まで出ると、常日頃のオフィス街の景色が一変して、露店がはるか南まで連なっていた。焼き鳥やトウモロコシを焼く匂いが混ざり合って流れていく。空は美しく晴れ上がっていた。広々とした烏丸通は歩行者天国になっていて、大勢の人が北へ南へと歩いていた。露店を眺めながら歩いていく私の目の前を、髪をひっつめた二人の女の子が手をつないで駆けていくのが見えた。その髪型を見ただけで、三条にあるバレエ教室に通う子どもたちだということが分かる。千鶴さんも幼い頃はあんな格好をして教室に通っていたのだろうと考えると、微笑ましく思えた。

烏丸通から西へ入った狭い路地はどこも見物客と露店で埋まっていて、黒々とした人の頭の群れの向こうに山鉾が光り輝く城のように聳えていた。

「北観音山《きたかんのんやま》」までは眺めて歩いたが、あまりの人混みに気分が悪くなってきた。宵山はこんなにも混雑していたろうかと意外な気がした。室町通から新町通にかけては怖ろしいほどの人で、初めて東京へ出たときのことを思い出したりした。四条まで出るつもりだったが諦め、私は引き返した。

北へ行くにつれてだんだん宵山の喧噪はおさまってくる。

室町六角の辻で、河野画伯の姿を見かけた。反射的に声を掛けそうになったが、相手の顔を見て思いとどまった。画伯は一心に前を見ていたが、その目はうつろだった。まるで幽霊のように、路地の間を埋める人波をすいすいと通り抜けていく。滑るように足が速かった。どこへ向かっているのか分からない。

私はひどく重苦しい気分になった。乙川との不愉快なやりとりのせいか、画伯の過去のことが影響しているのか、あるいは父の死のためか。久しぶりに眺めた宵山は、美しいというよりも、何か見知らぬ異国の祭りのようだ。

そんなことを考えながら歩いていると、黒主山の北あたりで小さなゴムのかたまりのようなものを踏んだ。足下が薄暗くてよく見えない。屈み込んで見ると、足下に転がっていたのは金魚の死骸であった。

○

翌日、七時半に寝床から起き出していくと、母の姿が見えなかった。

硝子戸の向こうを覗いた。母は今朝も蔵の中でごそごそやっている。「母さん」と声を掛けると、昨日と同じように返事が聞こえた。洗面所でうがいをしていると、やがて裏口の戸を開く音が聞こえ、ぱたぱたというスリッパの音が近づいてきた。「もうこんな時間」と言いながら、母が背後を通り過ぎた。その瞬間、ひどい違和感を感じた。

食堂へ戻ると、朝食の支度ができていた。

「朝から、蔵に何の用？」

「昨日、杵塚商会からお電話があったから。もう一度探してみようと思って」

私は母の顔を見つめた。「今日も？」

「今日もって？　なにが？」

そのとき、私はテレビの画面を見た。宵々山の映像が流れ、「本日の宵山には三十万人の人出が予想されています」とナレーションが入った。

「今日が宵山？」

母は首をかしげてテレビを見た。「そうねえ」と呟いた。

「昨日が宵山だったんじゃないの？」

「いやだ、この子は。寝ぼけているの？　宵山は今日」

母はテレビを指さした。

「夢を見たらしい」と私は呟いた。

私は奇妙な一日を過ごした。

既視感というのは、これまでにも幾度か味わったことがある。「いつか昔、この場面を夢で見た」というような感じがまざまざとして、目前の風景がふっと遠のくような、不思議な感触がある。その朝からの半日は、その既視感が延々と続いているようなものだった。相国寺の境内の情景、晴れ渡った空、画廊の匂い、母との打ち合わせ、画廊を訪ねる客の顔ぶれ——すべてが昨日と同じだったのである。

昼過ぎになって、母が「今日は様子がおかしいね」と言った。「なんだかぼんやりしてるよ」

「うん。ちょっと」

「気分転換でもしてきたら」

「河野先生のところへ顔を出してくるよ」

炎天下の街中へ出たときに額に滲む汗の感触、街中に聳える山鉾、路地を流れていく見物人たち。

またしても宵山だ。

私は河野画伯の家の前までやってきて、ふと足を止めた。

冷え冷えとした細い石畳の路地が延びている。その路地を辿っていくときの涼しさや、格子戸を開けたときの木の匂い、河野画伯と座敷で向かい合う様子までを、私はありありと思い描くことができた。和箪笥の上にあった娘さんの写真。十五年前から時間の止まっている座敷の光景。

「今日は宵山」と私は胸のうちで呟いた。

そして門の前を素通りした。

○

私は室町通まで出て、四条通の方へ歩いていった。「鯉山」を通り過ぎたところで、頭上から呼びかけられた。見上げると、通りに面したマンションの三階のベランダから中年の男女が身を乗り出している。画廊に幾度か訪ねてきたことのある夫婦だった。夫が麦酒の缶を振って、「一杯どうです?」と言った。

「いいですね」と私は言った。「お邪魔してもいいですか?」

「どうぞどうぞ。歓迎しますよ」

三階に上がると、奥さんが出迎えてくれた。ご主人は四十歳で、烏丸の銀行に勤めていると聞いていた。リビングルームには柳画廊で買った絵が掛かっている。絵の脇には大きな水槽があって、赤い金魚が泳いでいた。ベランダに出した椅子からご主人が立ち上がり、「昼日中から飲む麦酒は素晴らしいですよ」と笑った。私も麦酒のお相伴にあずかり、三人で世間話をした。奥さんはこの界隈には馴染みがあると言った。私は母に電話を掛けておいた。祖父が呉服商を営んでいた関係で、奥さんはこの界隈にベランダから見下ろしていると、室町通の雑踏を自分自身が歩いていくのを見られるような気がした。しかし、そんなはずはない。そもそも、この宵山を繰り返しているような不思議な感触は何なのだろう。私が「昨日」と思っていることがすべて夢であったにしても、あまりにも克明である。こうして「昨日」と違う行動を取れば既視感は薄らいでいくが、それでもふと「今ごろ千鶴さんが四条の地下通路を通って、画廊に向かっているかもしれない」と考えてしまう。

幾度も画廊を訪ねてくれる顔馴染みで、話しやすい人たちだったので、私はつい長居をした。そうしてここで話をしていれば既視感は遠のくので、気が楽になった。私が「昨日」だと思っていた出来事は、すべて夢の中のことに違いないという気持ちになってきた。

日が傾いて涼しくなってきたので、奥さんが外へ行くと言った。三人で出かけようと熱心に言うのだが、ご主人はあまり気が進まないらしい。奥さんは残念そうな顔をして、一人で出て行った。

「いいんですか?」と私は訊ねた。

「いや、私はあまりうろうろしたくないんですよ。人混みが苦手で」

「たしかに宵山の人混みは疲れますね」

「こんな日はベランダでのんびり眺めてるに限りますよ。それが最高です」

そう言ってご主人は麦酒を飲んだ。

しばらく沈黙が下りた。

「うちの取引先に杵塚商会というところがあるんですがね」

ご主人がふいに真剣な顔をして言った。「昨日、そこの乙川という人が訪ねてきまして」

「乙川？」

「ええ。訪ねて来られたのは別件ですが、ついでに柳さんへ伝えて欲しいことがあるというんです。それもあって、さっき柳さんを見かけてびっくりしてね」

「はあ。どういう用件でしょうか」

「ただ乙川という男から連絡があったと言えば分かる、と言うんです。妙な話でしょう」

「昨日」のことは夢だったとようやく納得しかけた矢先のことで、私は言葉に詰まった。ご主人は私が黙り込むのを見て、心配そうな顔をした。「柳さん、何か困ったことがあれば相談に乗りますよ」

私は慌てて手を振った。「いやいや、込み入った話ではないんです。父の遺品整理の関係で」

「ああ、そうか。杵塚商会は骨董でしたね」

「おそらくそのことでしょう」

「そういうことか。それなら安心です。乙川さんが謎みたいな言い方をするから心配になってしまった」

ご主人は朗らかに言って立ち上がり、「シャンパンが冷やしてあるんです」と呟きながらキッチンへ行った。

私はベランダに一人残って、乙川という人物について考えていた。「昨日」出会ったはずの男である。しかし実際にご主人が乙川氏に会ったとすれば、乙川氏は実在することになる。だとすれば、私が乙川に出会ったことも現実ということになり、そうなれば「昨日」の出来事は夢ではなかったということになる。これはいったいどういうことだろう。

シャンパンを持って戻ってきたご主人が「わ」と声を上げた。

私が顔を上げると、彼は向かいにあるビルの上を見上げていた。ビルの屋上に、ドラム缶ほどもある大きな緋鯉が浮かんでいた。高架水槽にひっかかったのだろうか、仰向けになった惨めな格好のまま、微風に揺れている。

「風船ですかね?」とご主人が椅子に腰掛けながら呟いた。「ああ、びっくりした」

○

夕方の六時半を回った頃、宵山散策に出かけた奥さんが帰ってきた。風船を漂わせながらベランダへ出てきた。「ああ暑い」と汗を拭った。

「おまえ、それは何？」

「面白い風船でしょう。新町通でお坊さんが配っていたの」

透明の風船にはうっすらと緑の藻が描かれていて、中を作り物の金魚が漂っている。まるで金魚鉢に紐をつけて浮かべたように見えるのである。「これはどういう仕組みだ？」とご主人は感心して、風船をあちこちから眺めていた。奥さんは「せっかく貰ったんだから、割らないでね」と笑った。「子どもみたい」

「面白いもんだなあ」とご主人は感心している。

「柳さん、ごはん食べていってくださいね」

「いや」と私が言いかけるのを押しとどめ、奥さんは「そうよね、そうしましょうね」と立っていった。

私はご夫婦がいっしょにキッチンに立って料理を作る様子を眺めた。

窓の外ではだんだん空が紺色に暮れてきて、ビルの向こうにまばらに浮かぶ雲が桃色に染まった。我々がベランダに夕食の皿を運ぶ頃には、いつの間にか山鉾に明かりが入って路地を輝かせていた。私はベランダから身を乗り出した。右手すぐには鯉山の明かりが輝き、左手の向こうには山伏山がある。室町通を流れる見物客のざわめきが、心地よく感じられる。露店から漂う煙が白熱灯と提灯の明かりの中で渦巻いて、おびただしく交錯する電線や呉服会社の看板を舐《な》め、紺色の空へ消えていく。

私の横に並んで通りを見下ろしていた奥さんが「見て」と人の群れを指さした。「あの子たち不思議ですね。さっきから何度もこの前を通るんですよ」

「迷ってるのかな」

「そういう風でもないんです。同じところをくるくる回って……よっぽど楽しいのかしら」

見れば、赤い浴衣を着た女の子たちが、すいすいと室町通を走っていく。

これだけ雑踏しているのに、まるで人と人の隙間に吸い込まれるようにして、軽やかに進んでいく。水に乗って流れていく金魚のように見えた。彼女たちの動きを目で追ううちに、私は鯉山の明かりに照らされて立っている男に気づいた。杵塚商会の乙川という男だった。

乙川はかたわらを駆け抜けていく金魚のような少女たちを楽しげに見送った。それから、こちらを振り返り、まるで狙い澄ましていたかのように私の顔をまともに見上げた。

彼は微笑を浮かべ、深々とお辞儀をした。

「柳さん、どうしたんです？」

奥さんが私の顔を覗き込んだ。

私が夫妻の家をあとにしたのは、午後八時頃で、すっかり日は暮れていた。マンションから出たとき、宵山の熱気が怖ろしいように感じられた。できるだけ足早に雑踏から逃れ、烏丸三条へ出て、地下鉄に乗った。

相国寺界隈まで帰ってくると、ようやく息がつけるような気がした。紺色に暮れた空の下に、御苑の森が黒々としている。住宅街に入ると、あたりはいっそう静かになった。ぽつぽつと街灯が点る道を歩いていった。

相国寺の長い塀の前を歩いているとき、かすかに祇園囃子を聞いた。近所の家のテレビから流れてきた音だろうと思ったが、それでも良い気持ちはしなかった。なぜこんなにも落ち着かないのか分からない。

寺の塀の向こうで二度、三度と赤っぽい光が明滅した。

私は足を止めて塀を見上げたが、塀の向こう側は元の通り、薄闇に沈んでいる。

そのときふいに、金魚の死骸を踏んだ感触が足裏にありありとよみがえった。

その夜、不思議な夢を見た。

私は宵山の雑踏を歩いている。私の先に立って歩いているのは父だ。父は金魚の入った風船を持っている。「その風船はなに？」と私は訊ねる。なぜだか私は子どもだった。父は振り返り、「これは風船ではないよ」と言った。そして紐を引っ張って風船を手に摑み、両手で包み込むようにして私に差しだす。「覗いてみろ」と言う。私は風船を摑む。まるで中に水が詰まっているようでもあるし、あるいは水晶の玉のようでもある。透明の球体の中を、金魚がすいすいと泳ぎ回る。不思議なものだ。いつの間にか金魚が二匹に増えている。「おや」と思うと、赤い粒がいっぱい現れて膨らみ、球体の中は金魚で一杯になってしまう。やがて表面を突き破って、金魚たちが次々と足下へこぼれ落ちる。路面に落ちた金魚はびちびちと嫌な音を立てる。私はなんとか踏まないようにするが、それでも足を動かすたびに金魚を踏んでしまう。

寝床で呻いているところを母に起こされた。

母は私の額に手を当てて、「どうしたの？」と言った。「怖い夢を見たの？」

「いや。忘れた」

「子どもみたいねえ」

起き出していくと、食堂には味噌汁の匂いが漂っていて、硝子戸の外は明るい陽光が降り注いでいる。私はテレビの画面を見た。宵々山の映像が流れ、「本日の宵山には三十万人の人出が予想されています」とナレーションが入った。

「今日が宵山？」

母は首をかしげてテレビを見た。「そうねえ」と呟いた。

○

その日、私は画廊から外へ出なかった。

何かの拍子に仕事の手が止まると、さまざまな場面が脳裏によみがえってきた。河野画伯とのやりとり、金魚の死骸の感触、室町通のマンションから見た宵山の景色。繰り返される宵山の記憶が降り積もっていく。それらを長い夢の記憶にすぎないと考えるのは難しかった。しかし、ではどう考えればよいのだろう。

画廊の外では宵山の一日が過ぎていく。客はほとんどなかった。

午後四時を過ぎた頃、展示室から母の呼ぶ声がするので出て行くと、千鶴さんが立っていた。「お久しぶりです」と彼女は頭を下げた。

「やあ、こんにちは」

「ちょっと絵が見たくなって」

「それは嬉しいですね。ごゆっくり、どうぞ」

彼女は静かに絵を見て回った。そういうとき、私はあまり声を掛けないようにしていた。

絵を見終わってから、母を交えて三人で紅茶を飲んだ。千鶴さんは普段よりも元気がないように感じられた。私は彼女の横顔を見つめた。彼女も宵山のことを考えているのだろうか。

画廊を訪ねてくる客もいないので、我々はのんびりと世間話をした。千鶴さんの元気がないことを察して、母はことさら明るい話をした。

会話が途切れて母が席を立ったとき、千鶴さんが何か言いかけた。

「どうしました？」と私は言った。

「柳さんにお願いがあるんですが……叔父のところへいっしょに行ってくださいませんか？」

「今からですか？」

「ええ。お忙しいとは思うんですが……」

「いや」と私は手を振った。「かまいません。ごいっしょします」

私は母に画廊をまかせて、千鶴さんと街へ出た。

山鉾の提灯が輝き始め、雲は桃色に染まっていた。

石畳の路地は夜のように暗く、奥にある画伯の家の門灯が淋しく見えた。

千鶴さんが引き戸を開けて声を掛けたが、画伯の返事はない。家の中は暗く、ひっそりとしていた。「いないのかしら」と彼女は呟いた。そして靴を脱ぎ、廊下の明かりをつけ、歩いていった。庭に面した座敷や食堂を覗いて首をかしげている。

「少し、待ってみますか」

「ええ。柳さん、座っててください。お茶を淹れますから」

宵山の喧噪はほとんど聞こえてこない。

画伯と話をしたのは、何日前のことだったろう。宵山を繰り返すようになってから、私は河野画伯と会っていない。静かな座敷でじっと座っていると、薄日に照らされていた画伯の顔が目に浮かぶようだった。

私と千鶴さんは座敷に座り、画伯の帰宅を待った。

「本当はもっと早い時間に来るつもりだったんです」

千鶴さんは柱時計を見上げながら心配そうに言った。「でもつい、気が進まなくて」

「すいません。画廊でお引き留めしてしまって」

「いえ、それはいいんです」

「気が進まなかったのは、宵山だからですね?」

「……そうですね。十五年も経つんだし、自分ではもうしっかりしているつもりなんですけれど、やっぱり。あのことはご存じでしょう?」

「先代から聞いております」

彼女は和簞笥に置かれた写真を見上げた。

「私も憶えているといっても、断片的なことなんです。私も、従妹も、七歳でした」

「いたましいことです。父もずっと心配していました」

ふいに玄関のほうで引き戸の開く音がした。

「あ」と千鶴さんが顔を玄関に向けた。「帰ってきたみたい」

聞き耳を立てたが、玄関からは何の物音もしない。何者かの気配だけがじりじりと膨らんでくるように思われた。千鶴さんと顔を見合わせているうちに、彼女の顔が蒼ざめてきた。やがて「ごめんくださいませ」と小さな声が聞こえてきた。「どなたでしょう？」と彼女が立ち上がろうとしたので押しとどめた。

私が玄関に出てみると、白熱灯の明かりの下に杵塚商会の乙川が立っていた。彼はうつむいて三和土《たたき》の隅に目をやっていたが、私の足音を聞くと顔を上げ、にっこりと笑った。「柳さんですね？」

「そうです」

「杵塚商会の乙川と申します」

「知っています」

乙川は頷いた。「先ほどこちらの路地へ入られるのをお見かけしまして、それで失礼かとは思ったんですが、やはり我々もどうしても諦めきれないというところで——」

「分かっています。しかし、つきまとわれても困るんです」

「すいません」

「今日のところはお引き取りください」

乙川は溜息をつき、小さく頷いた。「一つだけ」

「なんです」

「例のお話ですが、べつにお急ぎにならなくてもいいんです。根気よく探してもらえばね。明日でも明後日でも明々後日でも。杵塚はいつまでも待つと申しておりますから。ごゆっくりと、どうぞ」

そして乙川は頭を下げ、引き戸を開けて出て行った。

私が座敷に戻ると、千鶴さんは「どうかされましたか?」と言った。「怖い顔をされてます」

「いや、押し売りのようなものでした」

時計の音だけが響いている。庭はすでに夕闇に没していた。

「明日が来れば……」

私は思わず独り言を言った。

「明日が来れば?」と千鶴さんが首をかしげた。

◯

七時半に寝床から起き出していくと、母の姿が見えなかった。私は硝子戸の向こうを覗いた。やはり母は蔵にいる。テレビを見るまでもなく、今日が宵山であることが分かった。

私がテーブルに肘をついて顔を覆っていると、母が歩いてくる音が聞こえた。「大丈夫？」と心配そうな声が聞こえた。私は顔を上げ、「今日はちょっと具合が悪い」と言った。

「みたいね。顔色も悪いし」

「疲れがたまったみたいだ」

「いいから。今日は休みなさい」

私は二階の寝室に戻った。

窓にかかる簾のために、朝の光が水明かりのようにちらちらしていた。涼しい寝床に横になって天井を眺めた。やがて母が画廊に出かけていく音が聞こえた。うつらうつらするたびにびくんと身体が硬直するような感じがして目が覚める。そうやって落ち着かぬ眠りを繰り返しながら、私は自分が宵山の一日を過ごしているということをできるだけ忘れようと努めた。私はほとんど何もしなかった。簾越しに射す光が明るくなり、濃い色に変化していくのを眺めているばかりだった。

夕方の四時頃、枕元に置いてある携帯電話がふいに鳴った。

「柳君」と河野画伯の声がした。

「先生」

「ちょっと君のことが心配になってね。先日うちに有馬土産を持ってきてくれたろう。あのとき、かなり疲れているように見えたものだから」

「ご心配をおかけ致しまして申し訳ありません。先生の仰る通り、今日は自宅で休んでいるところで――」

そこで私は言葉を呑みこんだ。

間を置いて、画伯が静かな声で言った。「君が有馬土産を持ってきてくれたのはいつのことかね？」

「先生」

「君も繰り返しているんだろう？」

私は何も言わなかった。

「明日、うちに来てくれるか」

「はい」

「柳君。それは、お父さんの死にも関係があるんじゃないかね」

「なぜです？」

「分からない。直感だ。しかし同じ宵山に不思議なことが幾つも起こっているとすれば、根は一つだと考えたくなる。それが人情というものだよ」

そして画伯は電話を切った。

寝床から身を起こした。父の死。父の遺品。

私は寝床から出て、蔵へ行った。

蔵の中はひんやりと肌寒いほどで、がらんとしていた。幾つか残してある長持《ながもち》の他は、母の物がいくらかあるだけで何も残っていない。長持の中身は、いずれ読もうと思って取り分けておいた父の蔵書である。私は一時間ほどかけて長持の中を点検してみたが、乙川が言うような水晶玉はなかった。母の荷物を開けてみたが、こちらにもそんな品物は入っていない。

私は古い旅行鞄に座った。

開け放した扉の外はだんだん暗くなってくる。蔵の中にいると、ほとんど何も見えなかった。半開きになっている扉を眺めながら、毎朝母が蔵に入っていることを考えた。母は「杵塚商会からお電話があったから。もう一度探してみようと思って」と言っていた。しかし本当にそうなのだろうか。

その時、背中に悪寒が走った。

私は耳を澄ませた。

どこからか、小さく祇園囃子が聞こえてきた。

○

叡山電車が出てしまうと、鞍馬駅のホームには人影がなくなった。あたりは藍色の夕闇に沈んで、蛍光灯の明かりがホームを照らしている。山から下りてくる冷気が私を包んでいた。

なぜ父は鞍馬に来たのか。

私はホームに立って考えていた。幻聴のように聞こえる祇園囃子から逃れ、父は闇雲に北へ向かったのではないか。とくに鞍馬でなければならぬわけではなく、父はただ追いかけてくる宵山の幻影から逃れようとしていたのではないか。つまり、父も私と同じように宵山を繰り返していたのではないか。そしてそこから抜け出す方法を見つけだす前に死んでしまったのではないか。

父と私が宵山に閉じこめられた理由は、父の遺品にある。

私はともかくも駅の周りを歩いてみようと思い、改札へ向かった。その時、私の視界の隅で赤いものがちらちらとした。振り返ると、向かい側のホームの端に、赤い浴衣の女の子が一人腰掛け、脚をぶらぶらさせていた。祇園囃子が聞こえてくるような気がした。私の目の前を風船が一つ飛んでいった。

「柳さんですね？」

背後から声がした。

振り返ると、改札をくぐって男が歩いてきた。「杵塚商会の乙川という者です」

「君が殺したのか？」

「お父様のことですか？　めっそうもない」

乙川は慌てて手を振った。「僕がそんなことをするわけがありませんよ」

「しかし、父は――」

「杵塚が言うには、お父様がお亡くなりになったのは病気のためです。誰が手を下したわけでもない。しかし、あの方もあなたと同じように宵山を繰り返されていた」

「君も繰り返しているのか？」

乙川は微笑んだ。「僕は妖怪じゃありません。あなたにお会いするのは今日が初めてなんですよ。しかし、あなたは僕を知っている。これはなかなか妙なものですね」

「君は妖怪ではない。しかし、君の取引先はどうなんだ？」

「そういうことは何も申し上げられません。申し訳ないですけれど」

そこで乙川は溜息をついた。「まあ、これでお分かりになったと思いますが——」

「ああ。よく分かった」

「明日の午後五時、三条室町を下った町屋の蔵でお会いしましょう。行けばすぐに分かりますよ。表の玄関は開いています」

「明日持って行けるかどうか……」

「であれば、また同じ明日が来るだけの話です。ねえ、柳さん。お父様はたまたまあれを拾われた。固執してはならないものに固執されたのです。その報いを受けられたとしか僕には言えません」

「それにしても……なぜ僕までが報いを受ける？」

「理由が必要ですか？　なんのために？」

乙川はニッコリと微笑んだ。「持ち主に返して、あとはすべてを忘れることです」

○

早朝の蔵の中は肌寒かった。小窓からかすかに射す朝の光が、蔵の中に残った雑多な品を白く照らしている。私は古い旅行鞄に腰掛けて待っていた。扉は半開きにしておいた。

やがて足音が近づいてきた。相手は半開きになっている扉に驚いたらしい。しばらく何の物音もしなかった。

「伸一郎？」と声がした。

「中にいるよ」

扉が開かれ、母が顔を覗かせた。

「そんなところで何をしているの？」

「母さんを待っていたんだよ」

「なぜ？」

「水晶玉を返して欲しい」

私は両手で小さな球を作った。「今から母さんが隠そうとしているものだよ」

母は溜息をついた。

「どうして分かったの？」

「直感だよ」

「あんなにお父さんが大切にしていたものだもの。お父さんは杵塚さんに渡すのを渋っていたわ。しつこく言われてもね。だからせめて、それだけは残しておこうと思ったのよ」

「母さん、僕は困っているんだ」

「どうしてあなたが困るの？」

「理由は上手く言えないが、でも困っているんだ。これは彼らに返さなくてはいけない。これは父さんの持つべきものではなかったんだ」

母は私の顔をまじまじと見つめた。

「おまえの顔はあの日のお父さんにそっくりね。それに……お父さんはちょうどおまえみたいに、私のすることをなんでも見抜いたよ」

「大丈夫だ。これを返せば大丈夫なんだ」

「私は怖いのよ」

「僕は父さんのようにはならない。どこにあるんだい？」

「おまえの座っている旅行鞄の中に入ってるわ」

私は立ち上がり、旅行鞄を開いた。

布でくるまれた透明の玉が入っていた。

○

その日の午後、私は画伯のアトリエを訪ねた。画伯は何も言わずに私を座敷に案内した。縁側から射すほの白い光が、無精髭が伸びた画伯の顔を照らしている。画伯が急須から茶を注いでくれた。私は和簞笥の上にある写真立てを見た。そこには画伯の娘さんの写真があった。

画伯は黒い万華鏡を取り出し、宵山の露店でそれを買った話をした。その万華鏡を通して、十五年前に姿を消した娘を見たことが、この堂々巡りの世界に迷いこんだきっかけだと語った。

「僕はね、柳君。この宵山の世界にとどまってもかまわないと思っている。しかし、なぜ君のような人間が迷いこんだのだろう？　君は何をしたんだ？」

「先生、これに見覚えはありますか？」

私は風呂敷包みを解き、蔵から見つけた水晶玉を畳に置いた。画伯は怪訝な顔をして手に取り、光にかざしたりして眺めていたが、やがて首を振った。「いや、記憶にない」

「父の遺品なのです」

「それが？」

私は杵塚商会にまつわる経緯について説明した。

画伯は話を聞き終わると、もう一度水晶玉を手に取った。「これは万華鏡かもしれないな」と言った。そして自分の万華鏡の先端に埋めこまれた小さな水晶玉を示した。

「ここの部分だよ」

「そんなに大きな万華鏡があるでしょうか？」

「つまり、人ならざる者の持ち物ということだ」

私は頷いた。

「成功すれば君は明日を迎えられる。その明日に僕はいないのだが」

「本当にそうでしょうか？」

自分が同じ経験をしたにもかかわらず、私にはまだ信じられない気がした。いずれ画伯は繰り返される宵山から抜けだして、また私たちの前に姿を見せてくれるように思われたのだ。

「そうなるとも。僕は千鶴にもきちんとお別れを言う」

「千鶴さんが哀しみます」

「千鶴を頼む」

画伯の家をあとにして、私は宵山に賑わう町を下っていった。もし明日を迎えることができたら、自分は今後決して宵山に足を踏み入れることはないだろうと思った。

産業会館ビルの地下に下りた。

喫茶店の窓際の席について珈琲を飲んだ。硝子窓の向こうに赤い風船が漂っている。いつか見た光景だ。やがて彼女が通りかかった。彼女は一瞬足を止めて、風船に目をやった。横顔に微笑みが浮かぶのが見えて、はっと胸をつかれるような気がした。

私は彼女に声を掛けるために席を立った。

○

約束の時間、私は乙川に指定された町屋を訪ねた。

表の玄関は開けっ放しになっていて、盛んに若い大学生らしき連中が出入りしていた。町屋を借り切って何かイベントのようなものをするらしい。麦わら帽子をかぶって工具をぶらさげている女性に「乙川さんはいらっしゃいますか?」と訊ねた。

「あ、乙川さんですか? 蔵にいらっしゃるはずです」

彼女はそう言って案内してくれた。

私が扉を開けて蔵に入っていくと、中は一寸先も見えない闇だった。息が詰まるような濃い闇の向こうから、乙川の「柳さんですね?」という明るい声が聞こえた。

「そうです」

「杵塚商会の乙川と申します。すいませんが、扉を閉めて頂けますか?」

「頼まれていた物を持ってきたのですが……」

「はい、ちょっと待ってくださいね」

乙川が何かごそごそしていると思うと、ふいに蔵の中がうっすらと明るくなった。蔵は我が家の蔵と同様、何も置かれていない。壁を見ると、不思議な映像が映しだされていた。さまざまな色の断片がくるくると回転しながら、くっついては離れ、さまざまな形を作っていく。思わず見惚れてしまうような映像だった。

「投影式の万華鏡というやつなんです。幾つか試作品を手に入れまして」

乙川は言った。

私は水晶玉を差しだした。乙川は受け取って目を細めた。

「たしかに。これですね」

「蔵にありました」

「やはり、そうでしたか。しかし、簡単に戻って良かった」

そこで乙川は苦笑した。「いや、簡単ではなかったのですか？　僕には分からないんですよ。なにしろ、あなたにお会いするのは今日が初めてでして」

「分かっています」

「謝礼のほうですが……」

私は手を挙げた。「謝礼は無用です。そのかわり、これが何なのか、教えてくださいませんか？」

「申し訳ないですけど、取引先については喋っちゃいけないことになってるんですよ」

「これは万華鏡ではないですか？」

乙川は「おや？」という顔をした。「よく分かりましたね。あ、言ってしまった」

「そうなんですね」

「まあ、これぐらいで、お引き取り願えますか？」

乙川は蔵の外まで私を見送りに立った。

先ほどまで賑やかだった町屋は急に森閑として、ただぎらぎらと明かりだけが灯っている。「あ、みんなもうリハーサルに行ってしまったか」と乙川はぶつぶつ呟いた。

「一つだけお教えしましょう」と乙川は水晶玉を町屋の明かりに透かしながら言った。

「これは世界の外側にある玉だそうです。今夜の我々はね、この玉で覗かれた世界の中にいるんです」

水晶玉の中を赤い金魚がスッと横切ったような気がした。

私が振り向くと、誰もいないはずの蔵の中から、赤い浴衣の女の子たちがこぼれ落ちるように、一人また一人と笑いさざめきながら出てくるところだった。

◯

深い紺色の空の下で、山鉾の明かりが幻のように輝いている。私は、板塀の前に並んでいる自動販売機にもたれてぼんやりとしていた。

どれぐらい時間がたったろうか。

室町通のほうから、「叔父さん！」という千鶴さんの声が聞こえた。私は自動販売機の陰から身を起こし、雑踏する室町通へ駆け出た。

正面には燦然とした鯉山の明かりが聳えていて、その下を見物客が流れていく。千鶴さんが雑踏の中に立っていた。彼女の向こうには河野画伯が立ち、こちらを振り返っていた。私が駆け寄ろうとしたとき、まるでまわりで炎が燃え上がるように、赤い色がひらめいた。浴衣を着た女の子たちが私の両脇をすり抜けて鯉山の方へ走っていく。ひらひらと金魚の鰭のようにうごめく浴衣を千鶴さんが摑もうとするのが見えた。

「叔父さんお願い！　つかまえて！」

赤い浴衣の女の子たちが、画伯のかたわらを通り過ぎるのが見えた。画伯が最後の一人に手を差し伸べ、その手が空しく宙を摑んだ。

画伯はそのまま鯉山の明かりの向こうへ立ち去ろうとした。その間際、一瞬だけ振り返って、千鶴さんに何事かを呟いたように見えた。

追いかけようとした千鶴さんがよろめいた。私は彼女のもとへ駆け寄って、身体を支えた。彼女は無我夢中で私の腕を振りほどこうとする。「千鶴さん、落ち着いて」と私は言った。「追ってはいけません」

彼女は河野画伯と女の子たちが消えた雑踏を、喘ぎながら見つめていた。頰に血の気はなかったけれども、もう暴れることはなかった。「ゆっくりです、ゆっくり」と私が言うと、彼女は私の胸に頬をつけて、しばらく動きを止めていた。呼吸が落ち着いてきてからも、彼女は目を開けなかった。「きっと信じてもらえません」と呟いた。

「信じますよ」

私は静かに言った。「信じます」

「とても不思議なことなんですよ」

「私も不思議な目に遭いました。だから信じます」

宵山万華鏡

彼女と妹の通う洲崎バレエ教室は三条通室町西入る衣棚町にあって、三条通に面した四階建の古風なビルであった。彼女たちは土曜日になると、ノートルダム女子大学の裏手にある白壁に蔦のからまった自宅から母親に送り出され、地下鉄に揺られて街中の教室へ通ってきた。

その日もレッスンはいつも通りに進んでいった。

大きな古い鏡の前で脚を動かしながら、ふと彼女は曇硝子の窓に気を取られた。三条通に面した曇硝子は鈍い銀色に輝くだけで、街で始まろうとしている宵山の気配を伝えてくれない。しかし、妹と一緒に地下鉄の駅を降りたときから、地下のホームを連れ立って歩いていく浴衣姿の男女を見て、彼女は今日が宵山であることを知っている。

彼女はひとたび何かに惹かれると、ほかの物事がどうでもよくなってしまう癖があった。ステップをたびたび間違えて洲崎先生に睨まれても平気な顔をしていた。バレエ教室に通いたがって妹まで巻きこんだのは自分であるのに、今や身のまわりのものはすっかり色褪せて見え、わあっと叫んでやりたいほど退屈だった。

それでも、休憩時間に教室を抜けだして四階に上ったのは面白かった。不思議なものがいっぱい置かれていて、まるで宵山が屋上から忍びこんできているようだった。ひょっとすると屋上でも宵山をやっているのかもしれない。「でもあの魚びっくりしたなあ」と彼女は教室の床を鳴らしながら思った。「なんであんなにぷくぷくの魚がおるんやろ？」

長いレッスンが終わってから、洲崎先生は「寄り道をしてはいけませんよ」と生徒たちに言った。彼女に向けて言ったようでもあった。

汗の匂いのこもる更衣室では、生徒たちが宵山の噂を囁《ささや》く。生徒の中には、これから親や友達と一緒に宵山へ出かける子たちもいる。ほかの子らの言葉に聞き耳を立てているうちに、彼女は我慢ができなくなった。汗でうっすらと湿った妹の肩をつついて「寄り道してこ」と囁くと、相手は彼女を見返して眉をひそめた。「そんなの、いや」

「そんなこと言わんと」

冒険心のない妹は強情で、着替えをしながら説得してもウンと言わず、階段を下りていく間も首を振り続けた。妹はいつも何かを怖がっているし、何かを心配しているのである。

赤い絨毯の敷かれた踊り場で、彼女は渋る妹の腕を強く引いた。

「行こうよ、行こう」

「先生が寄り道したらだめって」

「センセには内緒」

「ばれへん？」

「大丈夫！」

彼女たちは階段を下り、重い扉を二人で押し開けるようにして往来へ出た。

湿気をふくんだ空気が街を覆っていた。見上げると、雑居ビルのへりが黄金色の陽射しに照らされており、空に浮かぶ雲も黄金色であった。三条通は普段よりも大勢の人が行き交っていた。

彼女たちは烏丸通に出てみた。

オフィスビルの谷間になる大通りには車が一台も走っていなかった。仕事帰りのビジネスマンや浴衣姿の男女や子どもたちが車道の真ん中を歩いている。ふだんは車が盛んに通る道を歩行者がぞろぞろ歩いているのは、珍しい景色だった。その様子を見ているだけで、彼女は飛び跳ねたいほど楽しい気持ちになった。

彼女は妹の手を引いて、大通りの真ん中へ出てみた。傾いた日が照らす大通りの両側には、見たこともないほどたくさんの露店がどこまでもひしめいて、早々と電球の明かりを輝かせている。何かを焼く香ばしい匂いが、湿った風に乗って流れてくる。いつものようにビルの真下を歩くのとはちがって、空が広く感じられた。

はるか遠くにある京都タワーを見ながら、彼女たちは烏丸通を歩いていった。横に延びた路地へ入っていくと、そこはいっそう混雑していて、熱気とざわめきに圧倒されそうだった。狭い路地もまた露店が出て、見物客が押し合いへしあいしながら歩いていく。

彼女は更衣室で聞いた「カマキリ」を見たいと思っていた。路地が網の目のようになった街のどこに山鉾が隠れているのか知らなかったので、道ばたでお兄さんが配っていた地図をもらってみた。しかし地図を読むのは難しいので早々と諦めてしまった。彼女は半泣きの妹の手を引いて、行き当たりばったりで歩いた。

露店の明かりと人いきれと明け切らない梅雨の湿気が、まるでぬるま湯のように路地を浸している。妹とつないだ手は汗に濡れてつるつる滑った。妹の手を引いて路地を抜けながら、彼女は面白いものを見つけるたびに歓声を上げた。焼きトウモロコシ、唐揚げ、金魚すくい、くじびき、フランクフルト、たまごせんべい、ベビーカステラ、焼き鳥、風船、たこ焼き、射的、お好み焼き、かき氷、林檎飴に苺飴《いちごあめ》、お面にヌイグルミ。

彼女たちはあちこちの路地で、黒々とした人だかりの向こうに光り輝く山鉾が聳えているのを見た。

方角も分からなくなり、当てずっぽうでは駄目だと思い始めたとき、彼女は柳さんに会った。柳さんは三条高倉のそばにある画廊で働いている男性である。母に連れられて訪ねたことがあり、そのときは甘い紅茶を飲ませてくれた。柳さんは小さな風呂敷包みを持って、自動販売機の隣でぼんやりしていた。少し疲れているように見えた。

○

彼女は柳さんに声を掛け、ひょこんとお辞儀をした。

「柳さん、こんにちは」

「おや」と柳さんは声を上げて微笑んだ。「こんにちは」

「カマキリがどこにいるか知ってますか？」

「カマキリ？　……蟷螂山のことかな？」

「そうそう」

柳さんは微笑み、丁寧に分かりやすく教えてくれた。そして最後に、「手を離しては駄目だよ」と念を押した。「離ればなれにならないように、しっかり握っておくこと」

柳さんに教わった通りに道を辿って行き、彼女たちはようやく蟷螂山を見つけることができた。

蟷螂山を見つけると、妹は早く帰ろう帰ろうとしきりに言った。彼女はまだ遊び足りない気がしたけれど、あんまり帰りたがる妹がかわいそうにも思われてきた。

そして、今まで辿ってきた道を引き返そうとしたとき、赤い浴衣の女の子たちを見た。路地は見物客でいっぱいなのに、その女の子たちは金魚の群れのようにすいすいと進んでいく。まるで人混みに偶然作られる隙間へ吸いこまれていくようだった。ああいう風に浴衣を着て宵山へ出かけたら楽しいだろうと彼女は思った。「帰ろう帰ろう」とうるさく手を引いていた妹までもが、見惚れて口をつぐんでいる。それほど、その金魚の群れのような女の子たちは華やかで、この世のものでないように見えたのである。妹がぽかんと口を半開きにして、汗に濡れた手は力を失って垂れた。

そのとき、なぜ彼女は妹の手を離したのであろう。

彼女はあとになって思い返すたびに、汗に濡れた自分の手が、滑るようにして妹の手と離れた瞬間のことを、怖ろしい瞬間だったと思うだろう。彼女は妹がどれだけ意気地のないことを言っても、疎《うと》ましいと思ったことが不思議となかった。自分の振るまいが妹を困らせてしまうことはあっても、自ら進んで妹に意地悪してやろうと企んだことは一度もなかった。怯《おび》える妹を宵山の雑踏に置き去りにする――そんなことは、ふだんの彼女であれば思いつきもしない悪戯だった。

汗に濡れた手が滑ったと思ったのか、あるいは浴衣の女の子たちに見惚れていたためか、妹は姉が自分のかたわらから消えたことに気づかなかった。とはいえ、それも一瞬だけのことで、ふいに我に返った妹は慌ててあたりを見回した。それを彼女は人混みの隙間から見つめていた。今にも泣き出しそうに顔を歪めたかと思うと、妹はまったく見当違いの方角へ歩き始めた。

彼女はあとを追っていく。

見物客の波の中で、妹の姿は見え隠れした。一瞬見失うこともあったが、ひっつめて艶々と光る頭を見つけるのは簡単である。少なくとも彼女はそう思い、それが油断につながった。しばらく歩くうちに、妹がいやに落ち着いた足取りで歩いていることに気がついた。先ほどまで泣き出しそうな顔をしていたのに、今は露店を覗いたりしている。姉の姿が見えなくなったのに、捜そうとする様子もなかった。彼女は意外な気がした。

「おーい」

彼女は妹に声をかけた。

振り向いた相手は妹ではなかった。同じバレエ教室に通っていて、先ほど更衣室で盛んに宵山の話をしていた子である。かたわらに立っているのは両親らしい。相手は彼女が一人でぽつんと雑踏に立っているのを不思議そうに見た。その手には唾に濡れて艶々と光る小さな苺飴の棒が握られている。

「一人？」

相手は言った。「寄り道したらあかんよ」

「うん。知ってる」

彼女はそれだけ言って、早々に立ち去った。

妹の手を離してから、すでにかなりの時間がたっている。もとの場所へ戻ってみたが、妹の姿はどこにも見えない。妹は方角も分からないだろうから、こうして待っていても同じ場所へ戻ってくるかどうか心許ない。彼女は妹の姿を捜しながら路地を抜けていったが、ぎゅっと目を凝らして人混みを眺めていると目がちらちらする。先ほどまで平気だったのに、急に人混みが苦しくなってきた。

元気を出そうと思って、彼女は苺飴を買った。かたい飴を噛み砕くと、奥から酸っぱい苺の果汁が溢れてきて、素敵な味がした。

露店の店先に立って飴を齧っていると、道行く人が持っている不思議な風船が目についた。ふわふわと漂う丸い風船に金魚鉢のような水草や砂利の絵が描かれており、中は水が詰まっているらしい。風船の中を小さな金魚が漂っている。面白く思って眺めていると、金魚は鰭をゆらゆらさせて身を翻した。

「その風船はどこで買ったの？」

彼女が訊ねると、風船を持っている浴衣姿のおばさんは「これ？」と嬉しそうに笑った。「買ったんじゃないの。もらったの」

「ただで？」

「あっちの茶色のビルの前でお坊さんが配ってたよ。行ってごらん」

彼女は歩きだした。

ちゃんと妹のことは捜している、と自分に言い聞かせた。でも妹だってあんな風船を手に入れることができたら喜ぶに決まっている。二つもらって一つを妹にあげよう、そして人混みで手を離してしまったことを謝ろう、と彼女は思った。

〇

茶色のビルの前で彼女が見つけたのは、髭もじゃの大坊主だった。僧衣を着ている。見るからに怖そうな顔をしたお坊さんが、金魚入りの風船を持って立っているのは不思議な景色だった。大坊主はときおり顔を上げて、風船の中を暢気に泳ぎ回る金魚を眺めては口笛を吹いた。口笛に応えるように、金魚は風船の底に寄ってきて、その可愛い鰭をゆらゆらさせた。

「こら、おまえ。なにを見ている」

大坊主はぎょろぎょろする眼で彼女を見下ろした。「あっち行け」

それでも彼女が風船を見上げていると、坊主は「これか？」と風船を揺らした。

彼女はコクンと頷いた。「それ、もらえる？」

「これはだめだ。狸谷《たぬきだに》の姪っ子にやる分だから」

「どこに行けばもらえる？」

「つい先刻まで宵山様が配っておられたが、もう払底した。なにしろ人気があるからな。来年の宵山まで待つがよかろう」

彼女がガックリと肩を落としたのは演技でもある。

大坊主は巨体を折り曲げて、彼女の顔を覗いた。高く浮かんでいた風船がぐっと下がって、彼女の手が届くところまで来た。ソッと手を伸ばして触れてみると、水風船のようにひんやりとしていた。風船を透かして空を見れば、電線が蜘蛛《くも》の巣のように張り巡らされた薄桃色の空を、金魚が漂っているように見えるのだった。

彼女は地団駄を踏んで見せた。

「そんなに欲しいのか」

「欲しい欲しい。二つ欲しい」

「なんとまあ、欲張りなやつめ！」

「私のと、妹のと」

「なーる」と大坊主は呟き、髭に包まれた顎をごりごり掻《か》いた。「なーる」

「なーるってなあに？」

「なーるほどってことだ」

「なーる」

「まねするんじゃない。妹さんはどうした？」

「はぐれた。風船もらったら、捜しに行く」

「分からんやつめ。風船はもうないのだ」

彼女はむうと頬をふくらました。

大坊主も負けじと頬をふくらます。「まったく、なんという顔をする？　そうすれば言い分が通るとでも教わったか？」

「教わらん」

「そんな顔をしたところで、ないものは、ない」

「ええもん。ずうっとこうしてる」

彼女は大坊主のとなりに並んで立ち、宣言通りにふくれっ面をした。怪しげな大坊主のとなりで、豆粒のような女の子が風船のようにふくれているのは人目につく。彼らの前を通り過ぎる人々は、ちらりちらりと眺めている。

頬が引きつってきた頃、大坊主が先に音を上げた。

「分かった分かった。捜してやる」

彼女はふうっと息を吐いた。

「ついてこい」

大坊主は先に立ち、茶色のビルと理髪店の間の細い路地へ入った。

そんな狭い路地の奥にまで、宵山が染みこんでいた。軒先に大きな提灯を吊している家が何軒もあって、細い路地の奥へ橙色の明かりが点々と続いている。涼み台にあぐらをかいた半裸のおじさんが麦酒を飲んで赤い顔をしていた。蚊取り線香の匂いがどこからか漂ってきた。

面白いのでよそ見をしながら歩いていると、何かもじゃもじゃしたものがサンダル履きの素足にからみついた。「キャッ」と悲鳴を上げて足を振った。ムカデみたいな虫が薄暗い路上を転げていく。彼女はその場でピンク色のサンダルを脱ぎ、ぴょんぴょん跳ねながら振り回した。

「なんかもじゃもじゃしてた！　キモチワル！」

「落ち着けい。ただの孫太郎虫である」

大坊主が路地の側溝を指さす。

覗きこんでみると、側溝の底を「孫太郎虫」が行列になって歩いている。たくさんの脚がもじゃもじゃと動いている。彼女は二度目の悲鳴を上げて、大坊主の僧衣の裾にしがみつく。

「くっつくな！　暑い！」

大坊主が裾を払った。「宵山に孫太郎虫が集まるのはあたりまえだ」

「なんで？」

「なんで、だと？」

「なんで？」

「あたりまえだからあたりまえなのだ。おとなしく納得しておけ」

「なーる」

彼女はようやく落ち着いて、サンダルをはき直した。

ビルの裏口に小さな店の看板が出ていた。丸いテーブルと椅子が路地にならんでいるのを見て、彼女は「フランスみたい」と呟いた。看板には「カルピス・ラムネ・ビール」と書いてある。客は一人もいない。無人の白い丸テーブルに置かれた古ラジオから、外国語のもの哀しい歌が流れるばかりだ。

「お坊さん、そんなとこで何してはるん？」

上から声が降ってきた。

路地に面した四階の窓から可愛らしい舞妓が身を乗り出して、両手をひらひら振っていた。窓辺には風鈴がぶらさがっていて、涼しそうな音を立てている。

「おうおう。そんなところに」

「じきに露店が来ますから」

「この子が風船欲しいと無茶を言うんでなあ」

「あらまあ。もう風船は在庫切れと違います?」

「宵山様のところには、まだいくつか残っとるだろう?」

舞妓は首をかしげた。

「行ってみますか?」

「おう、頼む」

「それじゃあ、餌やりが終わるまでお待ちを」

大坊主と舞妓がやりとりをしている間、彼女はつま先立ちをして、路地に面したビルの丸い硝子窓を覗きこんでいた。何か大きなものが動いたような気がしたからである。

埃《ほこり》まみれの硝子窓の向こうは、水底のように薄暗い。硝子窓に頰を押しつけると冷たくて気持ちがよかった。火照《ほて》った頰を冷ますついでに硝子窓を覗いていると、巨大な眼球が窓いっぱいに現れ、ぎょろりと彼女を見返した。

「うわっ」

彼女は窓から弾き返されるようにして後ずさりする。

「おまえはおとなしくしていることができんのか?」

「おっきい目玉がおった!」

「鯉だろう」

大坊主は窓硝子を覗き、コツコツと叩《たた》いた。やがてぬうっと通り過ぎる鱗《うろこ》が見え、西瓜ほどもある鯉の目玉が闇の奥から浮かび上がってきた。

「このビルは水槽になっておる」

「大きいねえ！」と彼女は感嘆した。

「立派な鯉であろう。ハンニャハラミタ」

「ハンニャハラミタってなあに？」

「この鯉の名だ。俺が名付け親である」

「なーる」

「こいつめ。まねをするなと言ったろう」

◯

「おまえぐらいの時分は、金魚作りの手伝いをしていたものだ」

「子どもの頃から働いてたん？」

「鞍馬でな。おまえらみたいに遊んではおらぬ」

螺旋《らせん》階段を上がりながら、大坊主は金魚風船の話をした。

鞍馬の山奥にはいくつもの深い谷があり、その中でも滅多に人が足を踏み入れない一番奥まった谷に、空気よりも軽い水が絶えず湧き出す河原がある。西瓜ほどもある水の球が噴き出して木々の梢を漂うこともあるが、たいていはビー玉ほどの大きさで寿命も短い。すぐに風で吹き散らされて、谷間を濃い霧で浸す。そのままにしておくと、尋常の水と混じり合って軽みを失い、やがては谷水となって流れ去ってしまう。そこで、硝子瓶と細い管でこしらえた装置をつかって水を集める商売が生まれた。

その谷のそばに金魚の飼育場があって、森の一角を切り開いて作った広場に、丸い大きな風船がいくつも浮かんでいる。風船の中には浮かぶ水と金魚が入っている。まだ小坊主であった頃の大坊主は、その金魚たちの餌やりをして駄賃をもらった。風船の下に開いた穴から細い管を通して餌を入れてやると、金魚たちが次々と群がってくる。稚魚の頃から秘密の水で育てられた金魚たちは、すっかり身体が軽くなる。立派な金魚に育ったら、一匹ずつ、水と一緒に小さな風船に封じるのである。

京都の街中では、湧き水も少なくなったが、その谷では今も盛んに不思議な「飛ぶ水」が湧いているという。

「天狗水と言うのだ」

「なんで？」

「またもや『なんで？』か。昔からそう言うのだから納得しておれ」

「なーる」

彼らは階段を上りきってビルの屋上に出た。

すでに太陽の沈んだ空には、薄桃色に染まった雲が散らばっている。東から少しずつ夜の色が滲んできて、涼しい夕風が吹いていた。屋上の真ん中には丸い池があり、ビルの内部をくりぬいて作られた巨大な水槽に通じている。水面には濃い霧が漂っている。小さなボートが浮かんでいて、大きな羽子板を持った舞妓が座り、きらきら光る小石を水面にまいていた。

大坊主にうながされて彼女が池を覗きこむと、鯨みたいに大きな鯉が口をぱくぱくさせながら水面に向かってきた。そして舞妓が投げた小石を丁寧に食べている。彼女は、舞妓が投げているのがドロップだと気づいた。

「鯉なのにドロップ食べるの？」

「なんでもよく食べないと、あんなに大きくはならん。もとはこんなに小さいのだ」

大坊主は自分の親指を立てて見せた。

「大したもんやねえ！」と彼女は感心した。

「金魚が大きくなれば鯉になる。鯉が大きくなれば何になる？」

「知らん」

「うむ。そのうち分かる」

彼女と大坊主は池の端に立って、鯉の餌やりをしばらく見物した。

やがて舞妓は缶を逆さにして残りのドロップをすべて池に流しこんだ。羽子板をオールのようにしてボートを岸に漕《こ》ぎ寄せてきた。鯉が水の下で身を翻し、池の水面が波立った。揺れるボートから岸へ飛び移り、舞妓は「終わった終わった」と嬉しそうに言った。

「お疲れ様、だな」

「これでもう十分育ちましたでしょう」

「では宵山様のところへ」

舞妓は彼女の顔を覗きこんだ。「そんなに風船欲しい?」

彼女は大きく頷いた。「でも宵山様ってだれ?」

「宵山様は宵山様よ。今夜だけ一番えらい人」

「この子は知りたがりで困る」

舞妓は屋上の端まで歩いていくと、羽子板をかまえた。

西遊記の如意棒《にょいぼう》みたいに羽子板が延び、となりのビルまで届いてしまった。即席の橋を造った舞妓は脚で踏んで強度を確かめてから、彼女と大坊主を振り返った。

「さあさあ、行きましょ。急がんと夜が始まってしまうわ」

　雑居ビルがひしめきあう凸凹した屋上世界を、彼女は旅していった。

　それぞれの屋上はまるで宵山に沈んだ街に散らばった島々のようだった。それらの島々には給水タンクがあり、室外機があり、小さな神社があり、電線があり、アンテナがあった。舞妓に手を引かれてビルとビルの隙間を飛び越えるのははじめのうちは怖い気がしたが、すぐに慣れてしまった。大坊主が置いてけぼりにされるほどだ。

「この子は天狗の素質があるな」

　大坊主は追いついて汗をぬぐいながら言った。「俺より慣れとる」

「子どもですもん」

　舞妓がにこにこしながら言った。

　ビルとビルの谷間を覗くと、狭い路地に山鉾が聳えているのが見えた。地上にいるときは城のように見えた山や鉾も、上から見るとまた違って、家の居間にある西洋ランプのように可愛らしかった。狭い路地はどこも見物客で埋まっている。見物客たちもみんな小さくて、そのうじゃうじゃと蠢く様子が、路地の側溝で見た孫太郎虫のようだった。

「もうすぐここらもいっぱいになるわ」

舞妓は言った。

ある古いビルで囲まれた一角は、長年の間に水が溜まって、深い池になっていた。屋上の端に作られた船着き場からボートに乗ると、大坊主が「よいせこらせ」と声を上げながらオールを漕ぎ始めた。ボートの先端には古ぼけたランプがついて、ぼんやりとした光を水面に投げかけている。

彼女は舞妓と一緒に手を伸ばして、暗い水を触ってみた。

「落っこちるでないぞ。深いからのう」

大坊主が怖い声で言った。

「なんでこんなに水が溜まってしもたん？」

「昔、この下には有名な井戸があったのだ。まわりがビルヂングに囲まれても、町の人が頑張って大切な井戸を守っておった。井戸はだんだん涸《か》れてきた。そして、井戸を埋め立ててビルヂングを建てるという話が持ち上がった。そのとたん、井戸から水が溢れ出したのだ。あまりにも水の出る力が強かったので、とうていふさぐことができなかった。けっきょくまわりのビルヂングで井戸を囲むことにして、こうして池を作ったのだ。七年たって、七階まで水が来ておる」

池の上は、やけに薄暗かった。

ゆっくりとボートで渡っていくと、向こうのビルの屋上で営業しているビアガーデンの赤い提灯の明かりが暗い池の水面に輝いていた。屋上の手すりから身を乗り出した酔漢が一人、彼女たちに向かって手を振った。そのとき、ゴトゴトとボートに何かがぶつかる音がするので彼女が身を乗り出してみると、水面にたくさんの硝子の玉が浮かんでいた。中では赤い炎がちろちろと燃えていた。

「宵山様はどんな人？」

「どんな人かって、そんなこと私も分かりません」

「会《お》うたことないの？」

「会うてたって、よう分からんよ」

「怖い人？」

「怖い人よ」

対岸にあるビルの窓が開いている。

「頭に気をつけい」と大坊主が言う。「頭かがめて」と舞妓が言う。

ビルの窓に吸い込まれていく水の流れにのって、ボートはそのまま進んでいく。長い廊下が川のようになっていて、書類棚や段ボール箱がぷかぷかと浮かんでいる。壁には提灯がぶら下がっている。廊下の突き当たりから太いパイプが隣のビルへと延びていて、きちんとボートが流れていけるようになっている。「まるで流し素麵みたいや」と彼女は思った。そうやって進んでいくうちに、流れはだんだんゆるやかになって、やがて立派な椅子が一つだけ転がっている会議室に到着した。そこで川の水は尽きていて、また階段を上って屋上に出た。

屋上から屋上へ渡るのにもいろいろな方法があった。ロープウェイのような籠に乗せられることもあり、大きな扇風機で起こした風に乗って隣のビルまで飛んでいくこともある。小さな社に隠されている屏風に潜りこむと、べつのビルの屋上に通じていることもある。先導してくれる舞妓は、そういう抜け道をすべて知っているのだ。

「宵山様のところにすぐ行けるロープウェイとか、ないの？」

「宵山様のところへは正しい手順を踏まないと到着しません」

舞妓は言った。「一足飛びに行こうとしてもあかんの」

「なーる」

彼女はさまざまな屋上を見た。

ある屋上は、風車《かざぐるま》が花畑のように埋め尽くしていた。大坊主と舞妓は風車を引き抜いて、ぶうぶうと息を吹きかけながら歩いていく。彼女も真似をした。夕風が吹き渡るたびに色とりどりの風車がいっせいに回転してきらきらと光る。通り抜ける頃には目が回っていた。

竹林が茂っている屋上もあった。竹の間を抜けていく小径を歩いていると、とても自分が屋上にいるとは思えず、祖母の家に遊びに来たような気がした。そのビルは屋上の竹林が根を伸ばすので、毎年春になると、どこかの階で必ず筍《たけのこ》が顔を出すのだと舞妓が教えてくれた。

「私の兄さんがここで働いとってね。毎年、春になったら、事務所に生えてきた筍を食べさせてくれる」

その竹林を抜けていくとき、彼女はうっそうと茂る竹林の向こうで、ちらちらと赤いものが見え隠れするのを見た。立ち止まってジッと竹の奥を見すえていると、青い竹の隙間で赤い浴衣が舞うのが見えた。

「おうい、置いていくぞ」

大坊主に呼ばれて、彼女は慌てて足を速めた。

その次に通りかかった屋上は彼女を怖がらせた。

数え切れないほどの布袋さまが並んでいた。一番大きな布袋さまは彼女の背丈の三倍はあり、一番小さな布袋さまは空豆ほどの大きさしかなかった。それがみんな、暮れかかる空を見上げ、カッと笑っている。無数にならんでいる笑顔を見ているうちに、彼女は大坊主の手を握りしめていた。

「怖いか？」

「なんでこんなにたくさん布袋さまがいはるの？」

「そりゃおまえ、一年かけて集めたからだ」

「なんで集めたの？」

「少しお黙り。足下に気をつけないと布袋さまを踏んでしまうぞ」

ほかにも招き猫が埋め尽くしている屋上、雛人形が埋め尽くしている屋上、信楽焼の狸が埋め尽くしている屋上など、さまざまな屋上が街中に散らばっていた。

やがて彼女たち一行は赤くて丸いものに埋め尽くされた屋上に到着した。

あまりにも数が多すぎて遠目には何か分からなかったが、そばに寄ってみると達磨だということが分かった。無数のひしめき合う達磨の向こうに、提灯がたくさんつり下がった鉾が聳えていた。

「なんて書いてあるの？」

「金魚鉾」

彼女の足下をもぞもぞと動くものがある。それは長い行列を作って、金魚鉾へ向かっている。

「孫太郎虫！」

おびただしい孫太郎虫は、金魚鉾に辿りつくと、カチンと固まったように動きを止めてしまう。後から後からやってくる孫太郎虫がその上に積み重なっていく。金魚鉾は孫太郎虫が無数に組み合わさって作られるものらしいと彼女は知った。

「宵山に孫太郎虫が集まるのは、このためだ」

大坊主が言った。「分かったか？」

「なーる」

鉾の上には巨大な天体望遠鏡のようなものが置かれている。その先端は空ではなく、眼下の町並みに向けられていた。チョビ髭を生やした和服姿のおじさんが、その望遠鏡の先端部分でごそごそしている。胸元から出した透明の玉を塡めこんでいるらしい。やがて仕事が終わると、そのチョビ髭の男はこちらへ歩いてきた。大坊主と舞妓に向かって「やあ」と手を挙げた。

「何をしている骨董屋」と大坊主が言った。

「何って、万華鏡の修理ですよ。ようやく商会から買い上げましてね」

「ああ、良かったわねえ」と舞妓が笑った。「あれがなくなって、どうしようかと思ってたんですわ」

大坊主は屈みこんで彼女に耳打ちした。

「あれは宵山様の万華鏡でな」

「万華鏡？」

「ぐるぐる回すと、いろいろな形が見えるやつだ。遊んだことはないのか？」

「ある。でもあんなにおっきいの初めて見たわ」

宵山様は金魚のような赤い浴衣を着ていた。

「宵山様は威張ったおじさんだ」と思いこんでいた彼女は、宵山様が自分と年の違わない女の子であることに驚いた。宵山様は屋上の端から脚を出してぶらぶらさせているらしい。彼女が達磨の隙間を抜けて歩いていくと、宵山様は振り返って微笑んだ。

「あそこに宵山様がいらっしゃる」

大坊主が鉾のとなりを指さした。「挨拶してこい」

◯

宵山様のほうへ彼女を押し出したあと、大坊主と舞妓は姿を消してしまった。

「もうすぐ鯉が来るよ」

宵山様は美しい顔をほころばせて東の空を指した。

遠くで雷鳴のような音が聞こえ、屋上世界を渡っていく。

次の瞬間、先ほど彼女がいた茶色のビルの屋上から水が噴き上がるのが見えた。水煙を突き破るようにして夕空へ飛び出したのは巨大な鯉であり、丸い口をぱくぱくさせている様がくっきり見えるほど桁外《けたはず》れの大きさである。鯉は腹を天に向け、ゆっくりと宙返りをするようにして、空に弧を描く。テレビで見た体操選手のように身体をねじると、ふいに鱗が飛び散った。銀の靄《もや》をくぐり抜けたとき、鯉は龍に変じていた。ぬらりと光る身体をくねらせて屋上の給水タンクや電線の隙間を抜け、ときにビルの谷間に沈みこむようにしながら、その怖ろしい顔を持ち上げる。

「よーし、よーし」

宵山様が転がっている達磨を拾い上げ、二つ三つと砲丸投げのように放り投げた。宙を舞う達磨は龍の口におさまり、林檎飴のように嚙み砕かれる。龍が頭上をかすめるとき、ザリガニを磨り潰したみたいに生臭い熱風が吹き渡った。彼女はなぎ倒されたが、宵山様は平気で踏ん張っている。長い髪を風で吹き散らされながらケラケラと笑い、「もっともっと」と達磨を投げた。いったん飛び去った龍は宙返りして戻ってきて、宵山様の投げる達磨を嚙み砕く。

彼女が肝をつぶして座りこんでいると、宵山様は「怖くないよ」と言った。「龍の姿をしてるだけで、あれは鯉なんだもの」

「それでも怖いわ」

彼女は呆《あき》れて呟いた。

ひとしきり達磨を食べると満足したのか、龍は空高くへ上っていった。あっという間にミミズみたいに小さくなった。

「もうあんなに小さい」

「またお腹がすいたら戻ってくるよ。達磨のほかにも餌はたくさん用意したから」

「びっくりしたなあ」

「もっと面白いもの、見せたげる」

宵山様は彼女を鉾の上にある万華鏡まで連れて行った。

「覗いて」

彼女が万華鏡を覗くと、宵山様は万華鏡のとなりについたハンドルを回した。

ごろんごろんと万華鏡がまわるにつれて、山鉾の明かり、露店、見物人で埋め尽くされた路地——宵山の景色の断片が次々と彼女の目の前に現れ、さまざまな模様を作っては形を変えた。親にはぐれて泣いている子ども、汗をぬぐいながら歩く浴衣姿のおじさん、手を握って歩く若い男女の姿が現れては消えた。

彼女は魅せられたように覗いていた。

どれぐらい時間がたったのか分からなかった。

「おもしろい？」

宵山様が囁いた。

彼女は万華鏡から目を離した。

暮れていく空は紺色と桃色の混じった不思議な色合いをしていて、空が暗くなるにつれて眼下の街の明かりが浮かび上がってくる。万華鏡を覗いている間に、いっそうあたりは夜に近づいたようだった。宵山の音が遠くから聞こえてきた。こんなに暗かったっけ、と彼女は今頃になって不安になった。

「見て」

宵山様は西を指さした。「もう油小路まで来てる」

凸凹した屋上を埋めるようにして、小さな露店の明かりがならんでいた。

「露店がここまで来たら、天狗鉾が来るよ。私はこうして金魚鉾から街を見ているの。それが私の役目」

「ふうん」

彼女は首をかしげた。「宵山様は宵山が終わったらどうするの？」

「宵山は終わらないよ」

「終わるよう。今日だけや」

「だって私たちは宵山の外には出ないの。昨日も宵山だったし、明日も宵山だし、明後日も宵山。ずうっと宵山なの。ずうっと私たち、ここにいるの」

「私たちって、宵山様はほかにもいるの？」

「みんなで一人、一人でみんな」

宵山様は微笑を浮かべた。「あなたもそう」

「ちがうよ」

「あなたも宵山様よ。ここにいるのだから」

宵山様は朱塗りの小さな椀を差しだした。椀《わん》には蓋がしてあって、零《こぼ》れだした水はビー玉のような丸い粒になって宙に浮かんだ。

「喉が渇かない？」

「渇かない」

彼女が首を振ると、宵山様は鯉のように口を開け、銀色に光って宙を漂う光の粒を飲みこんだ。「おいしい」と言って、なおも彼女に勧めようとした。

「いらんってば」

彼女は後ずさりした。

転がっていた達磨を踏んで、彼女は尻餅をついた。目の前に立っている宵山様の顔が日本人形のように白く見えた。自分と同じ背丈のはずの宵山様が、ひどく大きくなったように思われた。

「これを飲んだら、風船あげる。金魚もあげる。たくさんあげる」

「いらないってば」

彼女は言った。「わたし、もう、帰る」

「これから宵山なのに。ずっと宵山なのに」

「もう遅いし。妹、迎えに行く」

「心配しなくてもいいよ。もうすぐその子もここに来る」

微笑む宵山様の顔を見たとたん、彼女は怖くてたまらなくなった。手近にあった一番大きな達磨を無我夢中で掴んで投げた。達磨が万華鏡の筒に当たって、「ゴン」という鈍い音がした。宵山様が「アッ」と声を上げて振り返った。万華鏡の先端から水晶玉が転がり落ちた。宵山様は慌てて追いかける。

彼女は身を起こし、飛び降りるようにして金魚鉾から逃げ出した。達磨たちを蹴散らすようにして屋上を走った。一面に転がっている達磨たちがワイワイと何か口々に叫んでいるように思われた。

振り返りもせずに屋上の端へ辿りつくと、大坊主とチョビ髭が立っていた。となりには舞妓がいて、二つの風船を持っている。

「無茶な子やわ」と舞妓は笑った。

「おまえさんは帰ったほうがよかろうな」

大坊主は言い、風船を手早く彼女の腰に結びつけた。

「おまえさんの体重なら、二つでよかろ。あんまり仰山《ぎようさん》つけると、琵琶湖まで飛んでいく」

彼は彼女を抱え上げ、屋上の縁から身を乗り出した。

眼下には狭い路地がある。

「これで懲りたろう。これからは誰にでもほいほいついていかんことだ」

「たとえ欲しいものがあってもね」

大坊主がソッと手を離すと、彼女はゆらゆらと静かに漂いながら降りていった。屋上から身を乗り出している大坊主たちを見上げて、彼女は「ありがと」と言った。「妹、迎えに行く」

「急いでね」と舞妓が言った。

「はやく見つけてやれ」と大坊主が言った。

○

暗い路地の底に降り立った彼女は、賑やかな音のするほうへ駆けだした。腰に結んだ二つの風船が彼女の身体を軽くして、信じられないほど楽に走ることができる。薄暗い路地から飛び出すと、宵山の明かりが洪水のように押し寄せてきた。

妹はどこにいるだろう。

彼女は水の流れに乗るようにして、雑踏の中を抜けていく。

やがて煙草屋のある十字路にさしかかったとき、目前を横に駆け抜ける赤い浴衣の女の子たちを見た。そして、妹が女の子たちに手を引かれるようにして走っている。

彼女は夢中であとを追った。風船をつけて身が軽くなっているはずなのに、前をゆく金魚のような女の子の群れはもっと身軽だった。雑踏のわずかな隙間に吸いこまれるようにして、先へ先へと走っていく。ふだんは足の遅い妹にどうしても追いつくことができない。彼女の手の届かないところでひらひらと舞う赤い浴衣がいまいましかった。路地をどこまでいっても、宵山の果てはないように思われる。あの女の子たちは宵山の一番奥深くへ妹を連れて行ってしまうつもりなのだ、と彼女は焦った。

「ついてったらあかん！」

彼女が必死で上げた声は、祭りの賑わいにかき消されてしまった。

「鯉山」のわきをすり抜けたとき、彼女は路地を歩く大勢の人が、風船を嬉しそうに持っているのを見た。ひしめくようにして揺れている風船の中には金魚が入っていて、露店の明かりに身をきらめかせている。

赤い浴衣の女の子たちが通り抜けたとたん、路地いっぱいに浮かんでいた風船たちは、つぎつぎに音もなく、葡萄《ぶどう》の皮がつるりと剝けるように割れ始めた。天狗水がいくつもの玉になって四散する中、無数の金魚たちが雑居ビルの谷間を空へ上っていく。道行く人たちは感嘆の声を漏らして見上げている。

「だめ！」

彼女は自分の二つの風船に向かって命じたが無駄であった。風船がはじけ、金魚たちが宵山の空へ逃れると、彼女の身体はふいに鉄のように重くなった。ドッと汗が噴き出した。

もう見失ったかと泣き出しそうになっていたとき、彼女は妹たちがビルの谷間にある狭い路地へ吸いこまれていくのを見た。

そこは左右に灰色のビル壁が迫る石畳の路地であった。

暗い暗い奥には淋しげな門灯の明かりが点って、そのたった一つの得体の知れない明かりが、どこへ通じているとも知れない路地の奥の暗さをいっそう際立たせていた。先を行く子どもたちの押し殺したような笑いと、石畳を蹴って跳ねる音が聞こえた。薄暗い路地の奥、かすかに届く一筋の夜祭りの明かりの中に、赤い浴衣の袖がひらめくのが見えた。

そして女の子たちは次々と、風船から逃れた金魚のように、藍色の空へ浮かび上がっていく。

「さあさあ」と誰かが楽しげに囁くのが聞こえた。

先に行く子に手を取られて、不器用に石畳を蹴っている者がいる。

妹だ。

彼女は全身の力を足にこめて石畳をまっすぐに駆け、浮かび上がろうとする妹の足首をしっかりと摑んだ。妹はばたばたと脚を動かして逃れようとしたが、彼女は無我夢中でその両脚に抱きついた。

「お姉ちゃん」という声が聞こえた。

見上げると、宙を漂う妹がこちらへ手をさしのべていた。彼女は妹の手を摑み、体重をかけた。餌に集まる金魚のように、先に浮かんでいた女の子たちが妹に寄ってきて、髪をとめていたピンを次々に引き抜いていった。路地の奥から生ぬるい湿った風が吹き抜けてきて、妹のほどけた髪が流れたとたん、ふいに身体が重くなって彼女たちはいっしょに路上に落ちた。

彼女が妹を助け起こしていると、赤い浴衣をひらめかせ、冷たい笑みを浮かべた女の子がなおも妹に摑みかかろうとした。彼女は頭が真っ白になるほどの怒りにかられて、その女の子の頰を音高く平手打ちした。それでも相手はひるむこともなく、冷笑を浮かべたまま浮かび上がっていった。

「ついてったらあかんでしょう」

彼女は言った。「怖がりのくせに」

「ごめんなさい」と妹は言った。

妹と抱き合いながら、彼女は空へ去っていく女の子たちを見た。

飛び去っていく子どもたちは、皆、宵山様と同じ顔をしていた。

「みんなで一人、一人でみんな」

彼女は呟いた。

○

妹の手を引いて走り、気がつけば広々とした烏丸通へ出ていた。露店で買った食べ物を座りこんで食べている人たちが大勢いて、彼女たちは彼らに交じって座りこんだ。しばらくは言葉もなかった。

彼女は妹の手を強く握り、妹もその手を握り返した。

やがて妹が彼女に向かって、とりとめもないことを喋りだした。

それは五月に行われた発表会のことであり、楽屋で一緒に弁当を食べるのが遠足のようで楽しかったというような話である。そして、舞台横の幕の陰から上級生たちの踊りを一緒に眺めた思い出であった。彼女たちは、客席から見るバレエよりも、幕の陰から見るバレエの方が好きであった。それはなんだか神秘的に見えた。いつの日にか、自分たちもああいう風に踊れるようになり、あの光景の中へ溶けこんでいるのだと思うことが、彼女たちをわくわくさせた。

「来年の発表会は何の役やろ？」

彼女たちは宵山の片隅に座りこんで、そんな話をした。

落ち着いてきたので、彼女たちはどちらからともなく立ち上がった。烏丸通の中央へ歩いていき、いよいよ賑わいを増す宵山の景色を黙って眺めた。露店の明かりが街を埋め尽くして輝き、ビルの谷間のはるか彼方には蠟燭のような京都タワーが見えていた。

「帰ろ」

彼女は言った。

そして彼女たちは堅く手を握り合ったまま、母親の待つ白壁に蔦のからまった自宅を目指して、宵山の夜から駆けだしていく。

あとがき

学生時代には、「恋人を連れて宵山へ行く」というのが一つの夢だった。恋人と宵山へ行きさえすれば学生時代は完成される、と思い込んでいた節がある。

もちろんそんなのは妄想である。

実際に女性を連れて宵山へ出かけてみると、それほどいいものではない。暑いし、人が多いし、疲れるし、若い男女が険悪になるための条件はすべて揃《そろ》っていると言ってもいい。

だから宵山なんていうものは、大事な人を連れて行くべきではありません。

だいたい、その人が祭りの雑踏に消えて、そのまま帰って来なければどうするのか。

子どもの頃、私は祭りというものが苦手だった。人ごみもきらいだし、祭りの熱気や荒々しさには怖じ気づいてしまうほど気が弱かった。さらに「迷子になる」のも怖かった。今も私は怖がりであるが、子どもの頃の我が世界はいたるところ恐怖で充満しており、「こんなにも怖がりな自分は果たしてちゃんとオトナになれるのだろうか」と心配で夜も眠れなかったのだ。

その一方で、祭りというものは神秘的で、あの異世界に迷い込んだような感覚は私を惹きつける。見物する心構えをして出かけるよりも、日常の延長で何かの拍子に祭りへ迷い込んでしまうのが私の好みである。京都にはそういう祭りが散らばっていた。学生時代には、北白川天神や吉田神社、下鴨神社の祭りなど、偶然に出逢って楽しんだ。祇園祭の宵山はその最大のものである。

祭りには怖ろしさと楽しさの両方があるけれども、その根っこは一つである。


この小説を書いていた頃は、京都の四条烏丸交差点のそばに住んでいた。四条通よりも一本南の、綾小路通に面したエレベーターもないマンションだった。四条通のすぐそばとは思えないほど静かで、通勤にも便利だし、思いのほか暮らしやすかった。

そのマンションの周辺が、異世界と化すのが宵山であった。

四条烏丸交差点は宵山の中心点というべき場所である。仕事から地下鉄で帰ってきても、見物客の海に呑みこまれて、自宅に戻るのがたいへんなのだ。宵山の雑踏をウロウロして、夜店で買った焼き鳥とビールを夕食にしたものである。人ごみをかきわけてマンションに帰り、宵山の喧噪《けんそう》に耳を澄ましながら眠った当時の経験が、この小説には反映されている。

この小説を書き終えたあと、祇園祭の宵山には何度も出かけている。しかし、その翌日に行われる山鉾巡行には一度も行ったことがない。このまま私は山鉾巡行を見ることなく終わるのだろうか。そう思うと、なんだか自分が宵山の夜だけを延々と繰り返しているような気持ちになる。

この作品は、二〇〇九年七月、集英社より刊行されました。

集英社文庫　目録（日本文学）

集英社文庫　目録（日本文学）

諸田玲子　恋縫
諸田玲子　おんな泉岳寺
諸田玲子　狸穴《まみあな》あいあい坂
諸田玲子　炎天の雪(上)(下)
諸田玲子　恋かたみ　狸穴あいあい坂
諸田玲子　四十八人目の忠臣
諸田玲子　心がわり　狸穴あいあい坂
矢口敦子　祈りの朝
矢口敦子　最後の手紙
矢口史靖　小説　ロボジー
薬丸岳　友罪
八坂裕子　幸運の99%は話し方できまる！
安田依央　たぶらかし
安田依央　終活ファッションショー
柳澤桂子　愛をこめ いのち見つめて
柳澤桂子　生命《いのち》の不思議

柳澤桂子　ヒトゲノムとあなた
柳澤桂子　すべてのいのちが愛《いと》おしい　生命科学者から孫へのメッセージ
柳澤桂子　永遠のなかに生きる
柳田国男　遠野物語
矢野隆　蛇衆
矢野隆　慶長風雲録
矢野隆　斗《とう》棋《ぎ》
山内マリコ　パリ行ったことないの
山川方夫　夏の葬列
山川方夫　安南の王子
山口百恵　蒼い時
山崎ナオコーラ　「ジューシー」ってなんですか？
山田詠美　メイク・ミー・シック
山田詠美　熱帯安楽椅子
山田詠美　色彩の息子
山田詠美　ラビット病

山田かまち　17歳のポケット
山中伸弥　畑中正一　ひろがる人類の夢　iPS細胞ができた！
山前譲・編　文豪の探偵小説
山前譲・編　文豪のミステリー小説
山本一力　銭売り賽《さい》蔵《ぞう》
山本兼一　雷神の筒
山本兼一　ジパング島発見記
山本兼一　命もいらず名もいらず(上)幕末篇
山本兼一　命もいらず名もいらず(下)明治篇
山本兼一　修羅走る　関ヶ原
山本文緒　あなたには帰る家がある
山本文緒　ぼくのパジャマでおやすみ
山本文緒　おひさまのブランケット
山本文緒　シュガーレス・ラヴ
山本文緒　まぶしくて見えない
山本文緒　落花流水

集英社文庫　目録（日本文学）

山本幸久	笑う招き猫
山本幸久	はなうた日和
山本幸久	男は敵、女はもっと敵
山本幸久	美晴さんランナウェイ
山本幸久	床屋さんへちょっと
山本幸久	GO!GO!アリゲーターズ
唯川恵	さよならをするために
唯川恵	彼女は恋を我慢できない
唯川恵	OL10年やりました
唯川恵	シフォンの風
唯川恵	キスよりもせつなく
唯川恵	ロンリー・コンプレックス
唯川恵	彼の隣りの席
唯川恵	ただそれだけの片想い
唯川恵	孤独で優しい夜
唯川恵	恋人はいつも不在
唯川恵	あなたへの日々
唯川恵	シングル・ブルー
唯川恵	愛しても届かない
唯川恵	イブの憂鬱
唯川恵	めまい
唯川恵	病む月
唯川恵	明日はじめる恋のために
唯川恵	海色の午後
唯川恵	肩ごしの恋人
唯川恵	ベター・ハーフ
唯川恵	今夜 誰のとなりで眠る
唯川恵	愛には少し足りない
唯川恵	彼女の嫌いな彼女
唯川恵	愛に似たもの
唯川恵	瑠璃でもなく、玻璃でもなく
唯川恵	今夜は心だけ抱いて
唯川恵	天に堕ちる
唯川恵	手のひらの砂漠
湯川豊	須賀敦子を読む
行成薫	名も無き世界のエンドロール
夢枕獏	神々の山嶺《いただき》(上)(下)
夢枕獏	黒塚 KUROZUKA
夢枕獏	ものいふ髑髏《どくろ》
養老静江	ひとりでは生きられない ある女医の95年
横森理香	凍った蜜の月
横森理香	30歳からハッピーに生きるコツ
横山秀夫	第三の時効
吉川トリコ	しゃぼん
吉川トリコ	夢見るころはすぎない
吉木伸子	スーパースキンケア術 あなたの肌はまだまだキレイになる
吉沢久子	老いをたのしんで生きる方法
吉沢久子	老いのさわやかひとり暮らし

集英社文庫　目録（日本文学）

吉沢久子　花の家事ごよみ　四季を楽しむ暮らし方
吉沢久子　老いの達人幸せ歳時記
吉田修一　初恋温泉
吉田修一　あの空の下で
吉田修一　空の冒険
吉永小百合　夢の続き
吉村達也　やさしく殺して
吉村達也　別れてください
吉村達也　セカンド・ワイフ
吉村達也　禁じられた遊び
吉村達也　私の遠藤くん
吉村達也　家族会議
吉村達也　可愛いベイビー
吉村達也　危険なふたり
吉村達也　ディープ・ブルー
吉村達也　生きてるうちに、さよならを

吉村達也　鬼の棲む家
吉村達也　怪物が覗く窓
吉村達也　悪魔が囁く教会
吉村達也　卑弥呼の赤い罠
吉村達也　飛鳥の怨霊の首
吉村達也　陰陽師暗殺
吉村達也　十三匹の蟹
吉村達也　それは経費で落とそう
吉村龍一　旅のおわりは
吉村龍一　真夏のバディ
吉行あぐり・吉行和子　あぐり白寿の旅
吉行淳之介　子供の領分
米澤穂信　追想五断章
米原万里　オリガ・モリソウナの反語法
米山公啓　医者の上にも3年
米山公啓　命の値段が決まる時

隆慶一郎　一夢庵風流記
隆慶一郎　かぶいて候
連城三紀彦　美女
連城三紀彦　隠れ菊(上)(下)
わかぎゑふ　秘密の花園
わかぎゑふ　ばかちらし
わかぎゑふ　大阪の神々
わかぎゑふ　花咲くばか娘
わかぎゑふ　大阪弁の秘密
わかぎゑふ　大阪人の掟
わかぎゑふ　大阪人、地球に迷う
わかぎゑふ　正しい大阪人の作り方
若桑みどり　クアトロ・ラガッツィ(上)(下)　天正少年使節と世界帝国
若竹七海　サンタクロースのせいにしよう
若竹七海　スクランブル
和久峻三　あんみつ検事の捜査ファイル　夢の浮橋殺人事件

集英社文庫

宵山万華鏡《よいやままんげきょう》

2012年6月30日　第1刷
2017年6月6日　第7刷

定価はカバーに表示してあります。

著　者　森見登美彦《もりみとみひこ》

発行者　村田登志江

発行所　株式会社　集英社
東京都千代田区一ツ橋2-5-10　〒101-8050
電話　【編集部】03-3230-6095
【読者係】03-3230-6080
【販売部】03-3230-6393（書店専用）

印　刷　凸版印刷株式会社

製　本　加藤製本株式会社

フォーマットデザイン　アリヤマデザインストア　　マークデザイン　居山浩二

ISBN978-4-08-746845-8 C0193